Solte os cachorros

Adélia Prado

Solte os cachorros

EDITORA RECORD
RIO DE JANEIRO • SÃO PAULO
2006

Cip-Brasil. Catalogação-na-fonte
Sindicato Nacional dos Editores de Livros, RJ.

P915s   Prado, Adélia, 1935-
        Solte os cachorros / Adélia Prado. – Rio de Janeiro :
        Record, 2006.

        ISBN 85-01-07513-2

        1. Crônica brasileira. I. Título.

                          CDD 869.98
06-1559   CDU 821.134.3(81)-8

Copyright © 1978 by Adélia Prado

Projeto gráfico: Regina Ferraz
Concepção da capa: Adélia Prado

Todos os direitos reservados.
Proibida a reprodução, armazenamento ou transmissão de partes deste
livro, através de quaisquer meios, sem prévia autorização por escrito.

Direitos exclusivos desta edição reservados pela
EDITORA RECORD LTDA.
Rua Argentina 171 – Rio de Janeiro, RJ – 20921-380 – Tel.: 2585-2000

Impresso no Brasil

ISBN 85-01-07513-2

PEDIDOS PELO REEMBOLSO POSTAL
Caixa Postal 23.052
Rio de Janeiro, RJ – 20922-970

EDITORA AFILIADA

Solte os cachorros

A cachorrinha pegou a latir, nesse ofício que quase todo cão tem, de ser presumido valente.

Com licença de João Guimarães Rosa

1

Quarenta anos é demais pra uma mulher. Prefiro quarenta e dois. O papa tá passando pito nos jesuítas, plantei um pé de samambaia chorona que não vai pra frente de jeito nenhum. Galinho garnisé é galinho à-toa, atrevimento empenado. Quem sofre convulussão, se for de excesso epinético, pode olhar que fez misturada de manga com goiaba. O açougueiro e sua faca me expulsam, porque eu não tenho santidade, eu não sou digna de pôr meus pés no lugar mais deprimente do mundo. Quando quero ficar humilde eu visito os açougues, entro de um em um, pra ver as mulheres de chinelo de borracha, apertando os pedaços com aqueles dedos grossos que não merecem anéis. Se eu não ficar doida, é saúde demais. As testemunhas de Jeová distribuem grátis seus folhetos apologéticos, mas a Igreja Católica, que eu adoro, é dureza. Caso me dessem audiência ia sair humilhada, precisando de calmantes, porque iam me massacrar com respostas perfeitas. Tivesse coragem, começava do zero, mas, como dizia meu pai, gente de orelha grossa é preguiça pura. Mais que faço é almoçar e jantar muito bem e borrar de medo de tudo. Escola é uma coisa sarnenta; fosse terrorista, raptava era diretor de escola e por três dias amarrava no formigueiro, se não aceitasse minhas condições. Meu menino tem a cabeça ruda, profissão boa pra ele é de mecânico. Quando acabarem as escolas quero nascer outra vez. Sou didática, catequética, apologética, por isso não tenho um minuto de sossego, pago o dízimo de tudo. Quem viaja de jato acha que põe o mundo no bolso, ilusão fugaz. Minha mãe nunca foi em Belo Horizonte e a vida dela foi um microcosmo. Deus é tão bom, imagina que fez minha tia Hilda morrer exatamente agora, quando precisava de dinheiro, eu, que sou a única herdeira dela. Fez os inquilinos de Jorge passar fintão nele, até ele aprender a deixar de ser sovina e dar o barracão pra nossa filha morar. Matou de desastre o Orlando e a Cleonice, mas me curou da dor de escadeira pra eu poder criar os cinco filhos deles. As irmãs carmelitas me incomodam demais e médico parece que tem o rei na barriga. Tem um escritor tão ruim, ler livro dele é como entrar nos açougues. Em matéria de amor, ainda invento. Festa, não. Quero morar na roça ou em cidade pequena onde as mulheres são faceiras, depois casam, depois põem o cabelo pra trás da orelha e desgraçam a fazer biscoito de polvilho, sulcam a cara no tacho, no forno, na cama, pra agradar marido, agradar neto. É capaz de a psicologia ser ciência mesmo. Se for, me avisem. Tem coisas que, sabendo dizer, conferem muita importância: 'a sagrada rota', 'as valquírias'. Falar comigo: seu texto é muito bom, eu não acredito, porque escrever assim é sopa. Agora, falar que é ruim me incomoda e é capaz de eu sofrer. A poesia existe, ou é falácia, pruridos, psicologismos? Se assim for e eu descobrir, me epitafiem: desgraçada, fora da graça, banida. Onde está Castro Alves que ia fundar comigo uma dinastia e morreu antes, de gula e pressa? A mulher de Dom Pedro sofreu humilhações e não teve importância? Então o imperador do Brasil pula muros e as coisas continuam do mesmo jeito? Só movi dez dedos pra minha filha ser rainha do inverno, ela foi só princesa. Nenhuma de nós sofreu porque aquele não é o modo de nos dizermos eu te amo. *Deus sublunarie non curat.* Se não derem um jeito no padre Quevedo explicando tudo à luz da parapsicologia, o catolicismo no Brasil se esfarela. Como é que eu vou viver num mundo onde as coisas se parecem a seus nomes? Com Guimarães Rosa, não, é incesto. Tem gente de primeira, de segunda, de terceira e os marginais, todos de primeiríssima. Que olhos de fogo têm os presos! Visite uma cadeia em Medellín: '*Señor, señor*', você fica sem relógio, sem caneta, sem uma resposta no bolso. 'Marisol, Mariso-ol', eles gritam no pavilhão dos homossexuais. Quantos anos tem a humanidade? Que estou fazendo que ainda não desviei aviões, dinheiro, vendi meu corpo a preço de banana? O tempo ruge. Quero vender é a alma, virar comerciante, plantar dois mil pés de laranja, comprar adubos, arranjar um caminhão pra pegar as frutas na chácara e levar pra São Paulo. Faço dupla sertaneja, tenho um programa no rádio e só canto música da minha autoria. As mulheres me olham é da cintura pra baixo, a vida é uma maravilha, não fosse a velhice. Juventude de espírito eu não quero, acho muito ridículo a alma fazendo trejeitos. Já viu mangueira velha? É assim que eu quero. Do ponto de vista biológico a morte é naturalíssima. Mas e o olhar que me puseram quando eu fiz treze anos? E o absoluto desapontamento do homem que foi na cidade grande e entrou por engano no banheiro de ELAS? E o meu lábio tremendo quando tive de explicar pra superiora: não trouxe os dez cruzeiros porque o pai este mês só recebeu a metade. O médico falou comigo: não coma sal se quiser viver mais. Peço, se comer assim mesmo? Os cemitérios da minha terra não dão vontade. Eu quero é o seio de Deus, quero encontrar Abraão e me insinuar junto dele, até ele perder o juízo e me fazer um filho que terá muitas terras e ovelhas. Emancipada eu não quero ser, quero ser é amada, feminina, de lindas mãos e boca de fruta, quero um vestido longo, um vestido branco de rendas e um cabelo macio, quero um colchão de penas, duas escravas negras muito limpas e quatro amantes: um músico, um padre, um lavrador e um marido. Quero comer o mundo e ficar grávida, virar giganta com o nome de Frederica, pra se cutucar na minha barriga e eu fredericar coisas e filhos cor amarela e roxa, fredericar frutas, água fresca, as pernas abertas, parindo. Por dentro faço mel como colmeias, põe tua língua no meu favo hexágono. As quatro vias são de Santo Tomás, santo opulento e sábio. Eu tenho a via-crúcis e a Via Láctea. A via Dutra é mortal, a via-mão não dá pé. Quem dá o grito primal paga caro o analista, quem dá o grito vai preso, quem escreve feito eu esgota o zumbido de seu ouvido, mata um a um os marimbondos, com agulha fina, nos olhos. Não posso ver trouxa frouxa, amarro até ficar dura.

2

Quando inauguraram a luz elétrica na minha casa, meu pai convidou os vizinhos e serviu café acompanhado, depois de rezar o terço, onde se contemplou no segundo mistério glorioso como Jesus, quarenta dias após sua ressurreição, subiu ao céu na presença de sua mãe santíssima e dos apóstolos. Não esplende o sol como esplendeu naquele dia a lâmpada Alva Edison sobre a mesa quadrada e nossas quatro cadeiras. Que lugar terá este fato irreversível no cômputo final, quando o Senhor reunir o povo pra separar os bodes dos carneiros, assim como os sacos de plástico e as carteirinhas onde os fotógrafos acomodam para os fregueses seus retratos três por quatro e mais esta frase escrita com letra ginasial na página de um livro de *História do Brasil*: Ferreira Brito substituiu Araújo Ribeiro. O que me acaba é esta vocação para almoxarifar, meu olho moralista, o vício da chave de ouro para os sonetos e as dedicatórias, o sistema de puxar pela manga e perguntar seja a quem for: como é que é mesmo? Gostava de botar o espelhinho na janela e ficar fazendo a barba com os pés no chão pra aproveitar o calor. Não ia morrer, naquele tempo não ia morrer. Cantava "já podeis da pátria filhos", erguendo o dedo e a voz, um peito pra amor febril. Não ia morrer, a vida palpitava subindo e descendo, dos pés à cabeça. Tinha um lugar pra dormir, outro pra comer, outro pra gostar de dueto e o melhor deles que usava pra dizer com dicção preciosa: príncipe negro, rosa príncipe negro, com uma claridade advinda dos glóbulos mesmos do seu sangue, de sua alma deodata. Levamos nossa fé em vasos de barro, diz o apóstolo que me magoa por tratar mal as mulheres. Mas naquilo ele tem razão. E não só a Fé, a Beleza também é Bem portátil que se ganha e carrega. Veio de antes de nós, foi gerada de cima e concedida. Por isso, uma e outra transem. Nosso é só o espinho, o estrume, a unha cheia de terra. Sabendo que me ultrapasso eu digo a você, pra celebrar nosso caso, como disse o chefe islamita em discurso ao bispo, pra celebrar surpreendente união de maometanos e cristãos numa comunidade indonésia, "nosso amor é como bosta de búfalo, cai mas não racha". Como vê, nem o excremento é nosso, se lhe pega a poesia. Pura graça o que nos move. Vou é chorar de tanta boa pobreza.

3

A gente sentindo uma dorzinha na bexiga, num dia sem sol como este, não tem muita paciência com as coisas, não. É difícil agüentar quem faz sucesso, quem não faz, quem chove no molhado, quem toma ares seja lá do que for. A crucificação de Jesus está nos supermercados, pra quem queira ver. Quem não presta atenção está perdendo. Tem gente que compra imoral demais, com um olho muito guloso, se sungando na ponta dos pés, atochando o dedo nas coisas, pedindo abatimento, só de vício, a carteira estufada de dinheiro, enquanto uns amarelos desses, cujo único passeio é varejar armazéns, ficam olhando e engolindo em seco, comprando meios quilinhos das coisas mais ordinárias. Eu compro, culpada como um ladrão, o que também é imoral, eu sei disso. Saio carregando minha sacola feito se tivesse gatado ela escondido. Às vezes, eu tenho vontade de lembrar minha meninice: comprar arroz quebradinho, pra fazer engorduradinho numa panela que foi da minha mãe e tem a virtude de roxear o arroz. Nem isso eu posso fazer, se tem gente por perto. Iam me chamar de sovina e escândalo eu não quero dar, ia ser mal interpretada. Chega de tanta canseira e explicação, compro de primeira mesmo e vou comer sem alegria. Ô-vida, meu Deus. Pior é que eu já perdi a inocência para os partidos, então quando falam em 'os estudantes' ou 'as donas de casa' eu saio no meio do discurso, seja quem for, porque não acredito que a humanidade se salvará por uma de suas classes. Não quero ser governada por operários enfatuados, deslumbrados por terem a chave do cofre. Quero que me governe um homem bom e justo, que cuide para que chegando a noite todo mundo vá dormir cedo e cansado com tanto trabalho que tinha pra fazer e foi feito. Nem me importa se quem manda é rei vindo em linha direta de Salomão, mesmo sendo mais bonito, ou presidente ascendido das classes trabalhadoras. Tem quem aprecia mais o gado, outros já é lavoura, outros máquina de escrever. Eu gosto é de trem de ferro e liberdade. Quero ter o gosto de tirar meu chapéu pras autoridades e destampar meu caldeirão esmaltado, com quatro variedades, todo santo dia. É disto que todo mundo precisa, fartura e respeito, autonomia pra fazer conta no armazém que quiser. Não sou ignorante a ponto de achar que pobreza acabe. Nem pode. Pobreza é o paiol de Deus, ela quem dá tempo de a gente se enrabichar com passopreto, horta de couve e outros pequenos luxos. Todo mundo tem que ter pra jejuar do seu. É disso que estou falando. Tou ficando velha, tou ficando nervosa, aflita com tanta ganância dos grandes e dos miúdos, com tanta perda de tempo e vaidade. Desde os começos a Lei do Amor está escrita, mas como está, tão simples, ninguém quer. Interpretam, interpretam e discriminam por cores, por fé, por raça, por sexo. Eu sou do que Deus fez, é mais seguro. Sou do partido do homem. Outro dia pediram minha cor política, eu falei meio entendendo, meio não, aproveitando pra me distrair um pouco: amarela. Como não quis ingressar me botaram sob suspeita. Eu vou dormir tranqüila, porque fora esse namoro meu com trem de ferro, que se for preciso eu até deixo, gosto é só de ser gente, um da espécie "povo de Deus em marcha". Aliás, Deus não inventou os mosteiros nem as casas de letras de modo que a nenhum deles eu me sinta fadada. Uns e outros são negócios dos homens, e às vezes só seus doces cuidados. O que me fada é a poesia. Alguém já chamou Deus por este nome? Pois chamo eu que não sou hierática nem profética e temo descobrir a via alucinante: o modo poético de salvação. Eu tenho medo, porque transborda do meu entendimento. Já vi Ele me flertando na banca de cereais e na 'gravata não-flamejante' do ministro. Eu disse que a crucificação estava lá, mas, como vêem, a ressurreição também. É complicadíssimo e, às vezes, tanto desejo do bem me faz pretensiosa. Eu me arrependo, eu entro na fila, eu dou meu nome, endereço, a data de nascimento, abro minha sacola de plástico pra receber a ração. Eu peço a Deus paciência pra fazer um vestido novo e ficar na porta da livraria oferecendo meu livro de versos, que pra uns é flor de trigo, pra outros nem comida é.

4

E não aceito mais que ninguém arreie em cima de mim os seus brasões. Perdi a fé quando a mulher maravilhosa de mistério e legenda deu um berro na minha frente e o casal divino ficou sem graça quando perguntei: este que é o filho músico de vocês? Porque eles não queriam um músico na família e chamavam a empregada à campainha e tinham uma casa com bom gosto e o telefone num confessionário antigo, que eu matei logo, porque de confessionários eu entendo. Eu fico enjoada na frente desse pessoal, porque eles perguntam de qual família eu provenho e não falam Jesus, mas o Cristo, como se o Filho de Deus, carpinteiro, fosse um deles, cursilhista. A pessoa mais nobre que eu já vi bocejou na minha frente e isto eu não faço nem com o homem que limpa o meu quintal, e não é só por causa do bocejo, não, é por causa do homem mesmo e da falta de consideração. Pior coisa é o bocejo e eles fazem e não podem entender meu pai comendo focinho de porco, como se fosse a última tarefa deste mundo, os aristocratas. Alinhados mesmo eram aqueles reis de antigamente e aquelas rainhas e damas deles morando em tendas, brigando e comendo juntos; aquela nobreza, assim, de Noé vomitando, obrando bêbado na frente de todos e castigando o filho desrespeitoso, se impondo. Linhagem é no banheiro que se tem. Sozinho é que o *pedigree* mostra o rabo. Mesmo porque linha é não perder o respeito nem de si, nem dos outros, só isso, simples. Descobri quando o capiau chegou pra mim e disse, como se lesse a ata da coroação: dona, inda que mal pergunte, com o perdão da palavra, ondé mesmo que fica a latrina qu'eu tô obrando mole e solto hoje que tá uma derrota.

5

Porque o que abunda não vicia, eu sou exagerada por causa da injustiça social. Por isso eu como tanto. Este pensamento é *double-face*, faço ele ficar certo e errado, conforme o jeito de mexer com ele. Explicar eu não posso, tenho é que vestir ele feito capa de chuva: gabardine de um lado, algodão do outro. A comida e o jejum são os maiores problemas da minha vida. Meu fato é de capital. Uma revista aí publicou umas fotografias coloridas de um casal africano com uns meninos gordinhos, vestidos cada um com uma túnica bacana. Não acreditei e tenho todo o direito, todo mundo sabe a mentirada das revistas coloridas. Fizeram, foi o demônio quem mandou, pra eu ver e pensar: tá vendo? Todo mundo já tem comida, posso me encher à vontade. Fome nunca passei, não, quero dizer, acho que não. Tenho umas lembranças antigas de eu comendo farofa de jiló, hora e pouco depois do almoço, arrombando lata de leite em pó, do menino que a mãe criava, lembro eu lembrando de pão com manteiga, a mãe fritando dois ovos só pra mim. Com a boca entendo de tudo, capim, feijão cru, milho, talo de couve, a parte de dentro da casca das bananas e certas partes do frango, de menor cartaz. Sei gosto de sapólio, de papel de embrulho. Mas sou feito uma cabra, muito asseada. Acho ótima a maneira de Jesus se comunicar: "Este é meu corpo, comei-o; este é meu sangue, bebei-o." Confesso: ficar sem comer eu fico e agüento, quatro dias já fiquei, por penitência, por vaidade. Comer pouco, não. É me crucificar com prego rombudo. Me dá nervoso, maldade, parecendo que me fecharam numa masmorra e o dia ficou lá fora com sol e passarinho, sem eu aproveitar. Os dias mais custosos são Sexta-Feira Santa e Quarta de Cinzas, porque, como tenho mais de vinte e um e menos de sessenta, tenho de jejuar. Abstinência de carne é coisa à-toa, porque eu sou doida com ovo frito, que não é proibido, nem queijo, nem peixe. A comida mais boa é a de jejum. Se me deixassem trocava ele por obra de misericórdia, um serviço pesado que exigisse boa alimentação. Quando fico grávida estou livre do preceito, mas aí não tem graça. Acho digestivo humilhante demais. Jejum deixa a gente fina, com um ar meio nobre. Mas quem come muito parece que tem mais dó dos outros. Não é mesmo? Você não acha? Tou confundindo as coisas? Pode ser. Se me dessem licença de comer eu me curava, virava gente grande. Não pense que nunca me aconteceu de eu lavar a cara primeiro, antes de ir pra mesa, cortar o pão em fatias e tomar café sentada feito uma dama e me levantar deixando pra os que vêm depois. Já. Porém o que mais dá é eu comer minha comida, o restinho dos pratos, e, com desculpa de ajuntar as panelas, pôr um restinho de molho na rapa do arroz e levar no fogo com um ovo e farinha, ir tratorando tudo, com mais uma colher de arroz, uma pimenta, um dente de alho rachado em quatro, uma virada de óleo, parecendo um roubo. Só quem pode fazer isto é eu. Se outra pessoa fizer eu fico com raiva dela, achando uma feiúra sem fim, querendo lhe negar a palavra. Morta de fome, já comi só uma colher de talharim num restaurante, pra ensinar e punir a bronca da Eustáquia, na minha frente, comendo feito uma troglodita. Fico preocupada com a velhice, porque velha glutona ninguém agüenta, eu principalmente. Choro muito de humilhação. Tem época que eu fico boa. Em outras, até quando vou levar a comida pro cachorro dou uma provada no caminho. Uma tribulação, ser espírito encarnado. Valença que Deus é Pai e me conhece, senão não dava inspiração de acontecer comigo, por diversas vezes, o seguinte: fecho os olhos e abro os santos evangelhos, no puro acaso, pra meditar um pouco. Mexe e vira cai nesta passagem: "O reino do céu é semelhante a um pai de família que fez um grande banquete etc. etc. etc..."

6

Para mais unir-se a Deus a Superiora do Carmelo exclaustra-se. Minha prima Aparecida quer porque quer um barracão de laje, neste mundo ainda. Tinha que ser exato dizer: o excomungado sente na língua o gosto da excomunhão. Você precisa é de homem, falou o professor de metafísica pra menina inocente que só queria aprender metafísica. Meu avô chama de rosa doida o pé de rosa vermelha que dá o ano inteiro sem parar. A vida é sem parar, a vida inteira, a vida doida, a mão de pilão socando. Que lufa-lufa nas ruas de Hong Kong! Que serpentes existem! Muitas espécies de cobra. Tem a cobra verde venenosa que gosta de morder no rosto, tem música popular, tratado de semântica, gente dando toda a vergonha pra ficar na berlinda, professores vaidosos que, eu sei, arrotaram bastante, antes de tomar, na minha frente, aquele ar que bole comigo no que eu tenho de mais assassino e cruel. Meu corpo é muito satisfeito, considerado em si mesmo; já minha alma, às vezes, tira a roupa e fica feito um árabe na direção de Meca, pondo e tirando a cabeça do chão sem entender as pantufas. Pra aquela de São Francisco nu, leprado de ferida e quase cego falando com os irmãos: 'me ajuda aqui, gente, amolga um pouco o meu corpo pra eu cantar melhor', pra essa, eu tiro o chapéu. Sabe o que eu fazia agora, se pudesse? Sentava no barranco, atolava o pé na areia e ficava lá, à toa, espiando o dedão. Essa mísera coisa eu não posso fazer, eu que tenho casa de laje e dois diplomas. A mão de pilão me soca, a mão da vida me esmói, me deixa esmoída a mão de pilão da vida. Oh, eu me lembro, eu me lembro e escrevo antes que esqueça: numa cidade clareada de sol, há numa rua transversal ao nascente um armazém. Tem sol por todo lado, menos lá, por enquanto. O dono do armazém não é avaro, mas não simpatizo totalmente com ele, gosto é do armazém e anseio pra que mude de dono e fique tudo perfeito. Desejo ardentemente que o dono antigo sofra até que sua alma desponte da carcaça rachada, como a castanha de um coco. Mais tarde, bate sol no armazém. O novo dono bota o papagaio na sombra. Soca a mão de pilão. Alegrinha, a mão de pilão da vida.

7

Sul-latino-americano, que coisa mais afinada no concerto das nações! Quando fui embaixador levei esse dito sonoro pra reforçar meu discurso, mais um retrato do meu país que tive o cuidado de mandar fazer de avião. Se tivesse talento pra viajar de jato queria distinguir das alturas o contorno da minha querida pátria. Ia sentir muita emoção de ver o seu perfil contornado de atlânticas espumas, um orgulho cívico de dar lágrimas. Gostar da pátria é destino e pouco aproveitam disto os governantes. Quem se farta é vendedor de cigarro, de bebida. Filmam cada lugar mais lindo pra vender em nossa terra suas coisas de nome onde não tem uma vogal. A guerra só não é horrível, porque dizer 'guerra horrível' é de uma frescura incompatível com o ardor da refrega. A guerra é feia, porém charmosa, e é aí que me estrepo, tomada de aflição por gostar de uma coisa pela qual não sinto o menor amor. Todo ser é bom, saia dessa quem puder, eu não posso. Quando pude, finquei meu pé ao pé de um moribundo, até que se finasse, pra conferir o trânsito de sua alma. Não vi. Foi tão cotidiano morrer quanto respirar todo dia. Escatológica é palavra escalafobética de surpreendentes sentidos, que não quero ver rotulando minha obra, que nem por obra ser merece exame clínico. Porque pundonor eu tenho, o que me falece é a prudência. A matéria pode ser prima ou plástica, as palavras também, com um pequeno pormaior: você pede desculpas, eu, por ruborizá-lo, peço onze. Superabunda-me a vênia nesta língua engraçada, onde até a pita abunda.

8

Então, eu virei pra Sua Excelência e pedi filialmente: me deixa dar catecismo, senhor meu pastor. Não, ele me disse, não. E como já era a terceira ou quarta vez que eu insistia na mesma coisa ele foi, como se diz, lapidar: não e de uma vez por todas digo por quê: não sois senhora da minha confiança. Mas como? retruquei. A minha reputação, dentro do possível ilibada, mo impede? Usava esta linguagem fora do meu natural pra ele não me interpretar errado, me julgando desrespeitosa. A messe é grande, eu dizia. Não, ele falava. Os operários, poucos, eu dizia. Não, ele falava. Fez que ia tocar de leve a mão no meu ombro, me entortando pro lado da porta de saída, querendo parecer um pai, e me despediu cheio de cortesia. Nomeou eu não, nomeou foi professor homem. Enfarei de cortesia, porque eu quero brigar, quero dizer, discutir com idéias fortes e o que acontece é que me abrem alas e me deixam passar brandindo e humilhada. Vá se queixar ao bispo, eu sei bem o que é. Ser mulher ainda dificulta muito as coisas. Muita gente boa ainda pensa, em pleno século quase vinte e um, que mulher é só seu oco. Fosse só assim, a gente não tinha coração nem cabeça, precisava nem ser batizada. Mas digo que tem e igualzinha à dos homens: boa e ruim. Jesus, muito mais antigo que nós, entendeu isso direitinho. Se eu fosse do tempo dele, tenho certeza que eu ia ser o Pedro burro que cortou a orelha do soldado Malco, porque tenho paciência curta e mão pesada. Hoje tá difícil quem queira trabalhador braçal, alguém acreditando enfezado numa coisa e querendo fazer ela. Não quero ser injusta não. Aqui na Iconha tem um vigariozinho que eu respeito, esse, sim, me dá minhas liberdades de cantar *Louvando a Maria*, *Que doce maná* e *Tantum ergo* em latim, conforme a necessidade. Me deu ordem, já que sou fundadora do coro Harpa de Sião, pra eu cortar música moderna demais em hora de casamento e exigir silêncio absoluto na hora da consagração. Porque foi só eu descuidar e a juventude transviada do verdadeiro sentido da liturgia começou a dedilhar o *Brinquedo proibido* na hora da elevação, uma hora forte por ela mesma, sem necessidade de acento. Ora, digo eu, pra tudo há forma e fundo. Não fiquei traumatizada com o acontecido não, nem guardei raiva. Tem muito outro-que-fazer na igreja de Deus. Agora, tem uma coisa: no momento das preces comunitárias, quando chega a vez de orar por Sua Excelência, eu não falo o nome dele, nem vê, falo é o apelido que eu pus.

Também sou filha de Deus, uai.

9

Tem base? Tudo quanto é novidade pra cima de mim: dor nas costas, no estômago, boca amargando com gosto de fel, de azinhavre, de cabo de sombrinha. Como, fico cheia, não como, fico fraca. Do começo da goela até na boca do estômago, como se tivesse um talo de bambu enfiado, uma espécie de tristeza me sujando. Doutor falava: põe a mão onde que dói. Eu punha, ele explicava: aí não é estômago não, é intestino. É, doutor? É, e ninguém tem fígado não senhora. Fígado só adoece de duas coisas, cirrose e câncer. Aí eu gelava. Foi indo, foi indo, eu tirei chapa, deitada, de costas, em pé, não deu absolutamente nada. Sabe o que mais? Tomei foi remédio pra toda qualidade de verme. Tem base? Melhor. Graças a Deus! Agora, posso encarangar de frio sem preocupação, porque ô frio que tá fazendo! Riqueza pra mim era se eu pudesse não levantar de manhã cedo, com alguém fazendo as coisas pra mim, soltando o cachorro, pondo o feijão no fogo, coando e levando o café na cama pra mim. Tem maior conforto não. Quando o sol esquentasse, aí eu levantava, ia mexer nas coisas devagarinho. Titõe chega cedo, esfregando as mãos, acha eu comendo torresmo com farinha e começa: eu podia ter vida boa, se tivesse mais compreensão lá em casa. Pensa que eu tenho o gosto de comer um torresmo gordo desses? Quem me dera! Só de eu falar torcem o nariz, cada um pra um lado. Zilu faz uns bifico à-toa, esturricado, não tem gosto de carne, não tem gosto de nada. Vai na horta, é só três folhica de cebola, diz que é só pra dar cheiro. Não pica uma couve com vontade, pra encher a peneira, não faz uma salada mais enfeitada, pra derramar na travessa, ô povo à-toa esse meu. Titõe é meio envergonhado, todo santo dia aparece, meio sorrateiro, a fim de beber um gole de cachaça que eu vivo ganhando, nem sei por quê. Ele podia entrar, beber e pronto. Mas não, tem que me dar satisfação, queixando da vida, coitado, é o modo dele agradecer o gole. Ficar famoso deve ser muito ruim é na hora do exame de fezes. Porque eu não livro dessa bobagem. Numa família de gente meio descarada pra essas coisas eu fico morta de vergonha. Eu sei que é bobagem mas não tem meio de eu sarar. Dizem que todo mundo tem uma crucificaçãozinha particular que é muito boa pra abaixar o orgulho e é mesmo. Dizem que até teve um santo que era moço muito bonito no tempo dele, muito vaidoso, pois dizem que converteu só porque foi entrando num salão de baile, todo pimpão, no tempo que usava rei, e esparramou no maior tombo, bem no centro da sala. Foi onde que ele achou de meditar nas misérias das coisas deste mundo e tratou de salvar a alma. Tombo também é muito chato e eu tenho medo. Se eu cair eu vou querer quebrar ao menos um dedo, pra poder ter graça, graça que eu digo é pra eu não ficar sem graça. Porque a gente cai, ajunta o povo, e se não tiver ao menos um sanguinho, uma coisinha quebrada, com que cara que a gente bate a poeira pra caminhar? Ô raiva que eu tenho de certos ajudantes que aparecem nessas horas, parece que brotam do inferno... Por falar em inferno, acontece cada uma! Não há de ver que trasanteontem, bem no meio da novena do Espírito Santo, aconteceu tudo quanto foi azar dentro da igreja! Dona Culinha, chefe dos festeiros, veio cá em casa pra eu dar umas idéias pra ela arrematar a noite. Eu dei, uai, eu não ridico idéia pra ninguém. Idéia é coisa que tá solta no ar, apanha quem tem jeito, né? Então eu disse que achava muito de acordo um menino vestido de São Francisco, Santo da Paz, segurando umas pombinhas vivas na mão. Com tanto pombo de papelão, encalacrei nessa coisa de pombo vivo. Foi nada não. Todo mundo achando a idéia coisa do outro mundo, foi a conta. Uns minutinhos antes da bênção final, todo mundo já em pé, soltam os pombos. Eles ficaram doidos, não sei se com o povo cantando ou com as luzes, tinha luz colorida de pisca-pisca, sei não, só sei que foi cada um pra um canto e um deles achou de pousar num vidro desses que protegem essas lâmpadas florescentes, pois é, o vidro quebrou, meu filho, foi cair na cabeça da cardíaca da dona Eulália. Foi correria, sangue e duzentos contos pra pagar os pontos e o curativo. Um rombo na coleta, só vendo, isso tudo aconteceu no fim, porque primeiro arranjaram isso, juro que foi sem pedir minha opinião, uma dança na frente do Santíssimo Sacramento. O vigário deixou, coitado, porque na cabeça dele ia sair uma coisa assim feito o Rei Davi com as donzelas dançando em frente à Arca da Aliança... Deixou por conta do povo, sabe o que saiu? Vai escutando: puseram um disco de carimbó e três meninas sapateando na frente, uma coisa mais fora do esquadro. Só dava gente de cabeça agacha. O frei também só passando o rabo do olho, as orelhas vermelhinhas mesmo. Achei bem feito. Tou cansada de falar que é preciso educar o povo, dar catecismo, ensinar pra ele as coisas finas da religião, apurar a estética deles; porque boa vontade o povo tem, ensina a cantar ele canta, manda dançar ele dança, e, como ninguém explicou nada, escolheram pra Deus o que tinha de mais novidade: carimbó, carimbó, carimbó.

10

Eu não sei o que estou fazendo aqui na sala dos professores, morrendo de sono neste horário vago que eles chamam feiamente de buraco. Não sei por que eu dou aulas. Rasamente eu sei: me sinto na obrigação de fazer qualquer coisa pelo Reino de Deus. Profundamente, se tivesse garantias de que não pecava, ia fazer o que gosto, isto é, nada. Mas um nada muito produtivo. De bruços no chão, apesar da minha idade, ia tourear formigas. Me falaram outro dia: viu o poema do Augustus? Aquilo sim, um menino de dezoito anos e já com aquela angústia terrível, sim senhor! Não admito que ninguém fale que sofre mais do que eu, só porque não tem fé. Você, continuou o algoz, tem um veio de ouro, você tem esperança, como se cobrasse: você come quieta, vive balançando na rede, e com fé é sopa. Querem que eu tenha um desespero que por mais que eu peleje não dou conta de sentir. Ninguém vê que por isso mesmo eu sofro dobrado, tudo pequenininho, sem enfeite, tudo indeciso, precisando de eu toda hora arriscar minha coragem toda. Por que acha que eu tenho esta cara castigada? Em São Paulo pareço mais nova ou mais velha, de um modo diferente do que pareço aqui na minha terra. Por isso fico aflita pra voltar dos centros grandes e olhar minha cara no espelhinho que eu gosto. Isto é só um pensamento avulso no meio de tudo. Quando tive o pensamento era muito mais claro, agora já ficou neblinoso. Se pudesse ter mais um filho, seria uma coisa clara e definida a dor, o choro, o morro de fralda suja. Mas não posso, por uma série de motivos. Não acreditava de jeito nenhum que ficava velha, não acreditava mesmo. Não ligava pra sair, pra passear, porque eu tinha um poder, uma falta de história que me garantia. Era só olhar pro oeste, que beleza de tarde! Dos poentes que eu vi, jamais me curarei. Quem sou? Se visse Ele na sarça ardente, na Coluna de Fogo, eu virava Moisés ou mesmo assim adorava o bezerro de ouro? Sinto falta de uma boa missão, o que pode ser desculpa pra fugir de chateações miúdas que me põem de ânimo assassino. Muita razão e sabedoria mostrou o apóstolo quando mandou: suportai-vos uns aos outros. Eu amo pouca gente, suportar é o que mais faço e suportar é péssimo. Até criancinha inocente me exaspera. O dom sem alegria é sem valor. Já fui alegre como um sino de festa. O que está havendo, meu Deus? Se Vós pudésseis legitimar minha ira, eu bem quisera. Mas não tenho o direito de gritar com as pessoas só porque sou mais inteligente e ladina, eu bem quisera. Eu não tenho o direito porque inteligência foi Deus quem me deu, por isso não sou dona, não posso fazer mau uso e judiar das pessoas e eu bem quisera ser a Maria do Pompeu que mandou fazer e ofereceu um cacho de bananas de ouro pro imperador, mas na cozinha de sua casa era a maior carrasca com as escravas. Toda vez que uma pessoa fala uma coisa certa no meio de uma roda de gente que só fala bobagem, fica meio antipática. Jesus não podia ser simpático. Os profetas também, duros de roer. Coisas que eu falo certo são coisinhas miúdas. Queria era profetizar de vez. Com a autoridade da minha palavra de fogo quem ia me chatear? Me suportava calado ou mandava me degolar, o que também é bom e glorioso. Mas já descrentei de glórias. Meu destino é miúdo, é um caquinho de vidro na poeira. Depois que saem os repórteres, o pessoal da televisão, tenho do mesmo jeito de ir no banheiro antes de dormir e rezar do modo mais miserável e mesquinho. Eu falei da missão mas tudo é muito nanico a começar de mim, eu tou sabendo. Eu tiro uma pessoa no meio de duas mil que lêem o profeta Amós e não começa a borrar de medo: pois é, gente, o que tá escrito aí é um modo de dizer. Amós era um lavrador, usou essas palavras porque tinha poucas letras... falando assim pra fazer fumaça e poeira na consciência deles de cristão que tem sítio com piscina, casa de laje e próspero comércio com dezoito empregados. Pra fazer zoeira em cima de sua posição de ministro da eucaristia com reuniões, encontros, cursilhos e obras pias, que nem um pequeno rombo fazem no seu bolso, nem dão tempo de ver o parente debaixo das fuças deles, precisando de dinheiro e misericórdia, o leigo clerical, os ademanes do leigo clerical, a compunção do leigo clerical, ah, uma gota de sua bile exterminaria um exército. Os profetas não perdem a compostura é porque comem gafanhotos e casam com prostitutas e tecem cestos com suas mãos, lanham a cara em naufrágios e usam uma língua sem delicadezas: já matei dois em minha vida, já peguei dois com meu caminhão de gusa. Quando o velho pulou de banda foi só o barulho de osso esmigalhado, pegaram ele num saco. Pra mim sobrou que fiquei sem o braço, furei as tripas nos ferros. Há mulheres que falam e é como se couve-flor falasse, é enrolada a língua delas; sexo vira sé-qui-ço. Nem com sal, pimenta e um litro de vinagre eu, se fosse homem, queria pra mim. Foi com raiva e azedume que principiei esta latomia. Levantei agorinha para ir no cômodo de banho e vi a mancha marrom. Sei que vou me acalmar. Por três dias vazarei de mim. Então, pergunto: é tudo ainda menor do que suponho? Minha ira, meu desejo sem nome, o que chamo de angústia é um espasmo que qualquer vidro de Regulador Xavier repõe em seu lugar? É verdade que me sinto humilhada, disposta a escovar os dentes e sorrir. Tudo é muito engraçado, pequetito, risível como garnisé arreliado. Tudo é cômico porque passa brandindo e sem calças, o traseiro à mostra, um-dois, um-dois. Número Um: excesso. Número Dois: escassez. Só Deus, Sua paciência e Seu amor estranhíssimo, permanece alto, fiel, incorruptível e tentador como um diamante.

11

Coisa jeca é sapato machucando. Antes, quando eu era mais pitimbada, sapato novo era manqueira, calo d'água e sofrimento, aquela feiúra. Hoje não, compro sapato de qualquer moda, ando, ando, nem uma bolha não me dá. Será o pé ou o sapato que sabe que agora sou a feliz proprietária do KING OF ALMÔNDEGAS? A gente passa a maior parte da vida perguntando e resposta que é bom, neca. Não é uma vida exemplar esta que tira de um velho o doce modo de ser um homem com netos: me dá meu troco, seu ladrão, vai roubar sua mãe, isso, no ônibus cheio, mulher de maneira aberta, cara retensa comprando briga com o mundo, menino de sete anos com carinha de cinco, suadeira, calorão, muda de rosa me espetando, carne moída vazando na sacola de lona, a bela mancha horrorosa de quando eu tinha dez anos e saí apavorada: mãe, mãe, será o tomatinho azedo que eu comi demais? Me vale Santa Teresinha queu tou é tuberculosa. Ai, regra pras coisas, receita pra eu seguir em cima da mosquita, isso que é bom não existe. Doutor tem um ponto de vista, padre tem outro, especialista dos nervos manda menina de quatorze anos chamar a mãe por aquele nome que começa com 'feda', dizendo que junto com o nome saem as nervosias da criança. Nervosia todo mundo tem; agora, que isso cura com insulto é a primeira vez que vejo falar. Bom pra menino é respeito e pra chilique é chá de erva-cidreira. Deixam os coitadinhos dos inocentes ao deus-dará, não tocam a mão em vara, nem correia, a fim de ser moderninhos, e no fim é essa desorientação, psicologia em cima dos coitadinhos que não têm culpa de nada. A coisa mais triste que eu já vi é suicídio de criança, eu fico adoecida só de ter esse pensamento, os cabelos do meu corpo ficam em pé diante dessa coisa que consegue ser a mais horrorosa de todas. Eu peço a Deus, começando do tutano dos meus ossos, que livre os meninos de nós todos, sem escapar nenhum, desse tremendo horror, peço à Sagrada Família que faça a nossa casa ter uma natureza de alegria, um sentimento seguro, formado pela cantiga na boca, pela mão cosendo, cozinhando, acarinhando, sem as profundas vaidades que esvaziam o coração e nos deixam tão fracos. Obrigação nossa, de pai e de mãe, é dar amor perfeito, é falar olha fulano é assim, assim, assado, Deus existe, esta vida tem fim, estamos aqui é emprestados, a fim de fazer o bem, amar nossos semelhantes. É debater com eles quando a tiririca das más companhias e das influências ruins ameaçar a lavoura. Eu tenho pra mim, depois que a gente tem filho só existe uma tarefa pra fazer: cuidar deles. O que está mais perto do amor de pai e de mãe é ódio de pai e de mãe. Que graça tem meu boteco prosperar se faltar alegria dentro da minha casa? Segue o fio da amargura das pessoas pra ver onde ele vai parar: esbarra no pai e na mãe. Não tou falando que bondade de pai e mãe acaba com o sofrimento das pessoas, não; seria muito analfabetismo da minha parte, sofrimento é destino de todos, porque somos filhos de

Adão. Eu só quero dizer que se a gente se esforçar pra ser pai e mãe com decência, parar de pensar na gente, pra se incomodar mais com estes que nós pusemos no mundo, eles vão dar conta de sofrer sem perder a esperança. Tira essa pra ver quem agüenta o baralhado. Nem animador de televisão com rios de dinheiro, nem cantor de cartaz, nem quem faz livro muito admirado. Eu erro com os meus, comigo erraram meu pai e minha mãe, mas com um detalhezinho que eu não posso esquecer: quando eu tive aftosa, aquela doença de gado, eu já era cavalona, o pai me punha no colo pra me distrair, andava comigo na beira do ribeirão mostrando uma coisa, outra, apanhando um ramo com uma florinha, limpando minha baba roxa de violeta genciana, falando cê vai sarar, fia, vai sarar, logo. A mãe era um estrago de braba, mas quando eu lembro dela me castigando com o safanão do pente na cabeça e me fazendo dois molhos de cachinhos pra eu ir bonita pra escola, me dá um engasgo, uma saudade sem remédio, uma vontade de ser pobre igual antigamente, só pra escutar ela falar: já tá ficando mocinha, umas roupinhas melhores... e o pai: moça bonita precisa disso não...

Eh, meu Deus, quanto jeito que tem de ter amor!

12

Um minuto de estrondo à idade reencontrada. As taças para o brinde, porque hoje sou de novo uma mulher com sutiã grená, polindo os dentes sem pressa e desenhando a boca em coração. Basta, nem só eu respondo pela fome do mundo, e vou certificar-me: se ainda me olham duas vezes, se ainda intimido, se pelo que amo ainda faço a face dos homens abrandada e ansiosa. Enquanto dura a trégua, vou guerrear.

13

Esta coisa horrível aconteceu, muitas coisas horríveis aconteceram e acontecem e vão acontecer e ficar apenas acontecidas como a "história do marginal Clorindo Gato, sobre a qual iníquos eventos, resignações e protestos sobrevieram e não se falou mais nisto"? Ontem vi pesar e medir os meninos da escola do Areão. Na fila, comportadinhos, o Agnaldo Timóteo de um metro e cinco, a Vanusa de um metro e dez e o Roberto Carlos de um metro e quinze. Aquela ali, me disse a mãe da menininha, todo dia toma um couro antes de vir pra aula, porque é muito sem-educação e se eu deixar come a comida dela e a dos irmãos, sem deixar pra ninguém. Alequissânder gosta mais é da avó, Auxiliatricci tem gagueira e manchas... e mais outros casos de muito exemplo que ia puxar com jeito, mas bateu o sinal e fui pra sala dar aula de religião pra Jaqueline Quênedi que levantou o bracinho pra me responder sobre se conhecia ao menos um profetinha do nosso tempo. Pois tem e conheço até dois, disse ela, que é profeta e herói, pois todo domingo dá carro, geladeira e televisão colorida pros pobre que paga em dia o talão do Baú da Felicidade e nem isso precisa, porque no programa *Quem pode mais engole o outro* basta o homem comer duas dúzias de ovo cru, pra levar pra casa três elepês e um gravador ainda com o selo da fábrica... Me disseram outro dia: tua religião é uma religião de cobranças, a acidez de tua fé pouco lembra a misericórdia e o perdão. Quem falou não mentia e disse mais: não abuse da Bíblia, por favor.

Acho que já posso ser papa. Como Pedro, afoita, covarde, cheia de inábil amor. Como Pedro, chorando. Amargamente.

14

Tinha muita vontade de poder achar ruim o meu nome. Queria um mais diferente, Suely, por exemplo, mas tia Dalica ralhava, dando bons conselhos, passeando comigo mais meu irmão Tavinho, mostrando a natureza, os passarinhos, as flores da gabiroba: quem apanha flor ou gabiroba verde, quem mata passarinho desagrada Nosso Senhor que fez tudo para o nosso bem... A gente só cheirava as flores com a ponta do nariz e ficava bento de tanta boa ação e cheiro de céu, cheiro um pouco diferente de quando já era maiorzinha e passaram na cidade um filme que todo mundo foi ver, até minha mãe quase que foi, e se chamava *O lírio do pântano* e contava a vida de Santa Maria Goretti, filme que não esqueci mais nunca, pois me ensinou um modo de morrer muito mais interessante que o de Santa Teresinha. Imagina, santa e com tudo aquilo de sobra, um moço mais ajeitado falando coisas com a gente, apunhalando, os rostos muito perto, querendo coisas, eu trancando as pernas e clamando por Deus, ensangüentada e invencível. Fui atrás de frei Plácido, perturbada: ora, filhinha, Maria Goretti é anjinho, pior foi Santo Agostinho e Maria Madalena. Falou com o dedo amarelo de fumo espetado no meu nariz, eu sentindo a mesma perturbação que senti vendo o filme, tudo muito misturado, uma coisa boa demais junto com um zumbido de pecado no meu ouvido. Hoje faço coisas incríveis. Também já estou muito velha e aprendi a arriscar.

Tendo alguma finalidade, já apanho flor no pé, sem remorso. Chego mesmo a armar arapuca pra pegar pardal, devido à nervosia que eles me dão fuxicando na horta. Teve um santo, já ouviu falar?, que de tanto amor a Deus as costelas dele partiram, e eu, também, não sinto vergonha de contar, senti uma vez, depois da comunhão, um ardor no peito, uma queimação mesmo. Concordo que é um pouco engraçado e que muitas coisas hoje são explicadas como sendo as reações da natureza, sem o direto dedo de Deus. Pode ter sido mesmo criancice. Agora, uma coisa sei que valeu e vale: as orações. Fiz e entesourei como um sovina, pelas almas, pela conversão da Rússia e, vigia que graça, pelo santo padre e o papa, que eu não sabia que eram uma pessoa só. Às vezes, quando as coisas pegam a ficar agoniadas demais, me agarro numa lembrança que só mesmo ela pra me organizar a coragem: frades descalços na laje do presbitério, estalidozinho de vela derretendo, turíbulo, ondas de incenso e cantochão... No livro mais lindo que já vi escrito por mão de homem, um riobaldo segue dizendo: "Podia ser tudo no mundo uma função só de religião, essas coisas em solene, grave, os cantos..." Cega eu não sou, quando olho pra trás enxergo as demasias, sei o porquê de cada cicatriz da minha alma circuncidada. Mas vou sobrevivendo. Sobrevivendo, não. Soa herege e sem fé. É vivendo mesmo e descobri por quê: enquanto plantavam a cruz e o roxo no meu lado esquerdo, um coro de monges durou cantando o *Pange lingua gloriosi*. E foi nisto que eu prestei atenção.

Entendeu agora?

15

Pai que estais no céu e dentro do meu coração, inclinai Vossos ouvidos para o meu sofrimento e tende misericórdia de mim que tenho casa de cimento e vidro e não posso dormir no campo sob um manto de estrelas. Coisa dolorosa feita de barro e poeira, o homem no seu quarto, de noite, pelejando pra escrever no papel, com lápis, nó e tropeço a dor do seu peito. É que nada apazigua, Deus me deixa sofrer. Mesmo depois que inauguraram com meu nome o Centro de Educação para Mães e Moças, nem a mais mínima miséria se afastou de mim. Fico querendo a Bíblia muito mais velha que já é, porque quanto mais velha, mais perto de Deus, cujo lugar é o princípio. Não tem sentido o que digo? Ninguém se assuste se eu virar assassina. Eu já sou assassina, eu desejo a morte de tudo que obriga um menino a escrever: mãe, estou desesperado. O que é que eu faço, em que língua vou fazer um comício, uma passeata que irrompa nos gabinetes, nas salas dos professores que tomam cafezinho e arrotam sua incomensurável boçalidade sobre o susto de meninos desarmados? Fazem política os desgraçados, brigam horas e horas pela aula a mais, o tostão a mais, o enquadramento, o qüinqüênio, o milênio de arrogância, frustração e azedume. Deus te abençoe, filhinho, vai pra escola, seja educado e respeitador, honra teu mestre. Mestre? Onde é que tem um mestre no Brasil pra que eu lhe beije as mãos? Já não basta ser gente pra encanecer de dor? Ainda têm as escolas que se aplicar neste esmero de esvaziar dos meninos seu desejo de bois, grama e pequenos córregos? Ó ofício demoníaco de encher de areia e confusão o que ainda é puro e tenro cálice. Não quero dar aulas, ó meu Deus, me livra desta aflição, me deixa dormir, me deixa em paz, aula de nada, de nada, aula de religião eu não quero dar. Falo e me aflijo porque sei que não tem outro caminho senão começar de baixo, de trás, do fim da história, quando Deus pega Adão e lhe mostra as coisas, deixa ele dar nome às coisas, deixa, deixa, ruminando seu espanto, sua alegria, sua primeira palavra... Ó senhor presidente, ó senhor ministro, escuta: o menino foi à escola e escreveu à sua mãe: estou desesperado. Escute quem tenha ouvidos: os meninos do Brasil fenecem entre retórica, montanhas de papel e medo.

Entre ladrões, como Cristo na cruz.

16

Querendo uma coisa, tem que se largar mão de outra? A minha boca arada é de inteiro que gosta. Quem existe pra me confirmar nos desejos do meu coração e dizer: vai, filha, que não obras em erro? Se a responsabilidade é minha, me aperta. Gosto de agir com garantias, escasseadas nesse nosso mundo agitado de teorias. Já estou na metade da minha vida, absolutamente ignorante do que fazer. Falo assim, um pouco por literatura, força de expressão, porque eu sei que devo abrir o Evangelho de Nosso Senhor Jesus Cristo e fazer tal qual. Mas, vigia, é nas pequeninas coisas que me estrepo. Por exemplo: gosto de passar brilho nos lábios e levantar as sobrancelhas com uma escovinha. Onde é que eu encontro permissão pra isso nas Sagradas Escrituras? Onde? Não sou tão anacrônica como creio e gostaria. Tenho um gravador de boa marca e, quando ninguém está vendo, ponho fita de *rock* e ensaio aqueles galeios juvenis, estralando os dedos, fazendo a cara própria de 'nem vem que não tem', que toda bobice juvenil sabe fazer. Ali, não perdi a mola das articulações, ainda dobro o corpo sem gemer, ah, isso dobro mesmo. Pois é, mas então como ficamos? Me disseram outro dia: será que você não dá conta de escrever sem falar em Deus, não? Gosto mais quando você escreve sem falar em Deus... Isso me magoou, me deixou com um talho no peito, os olhos postos em cinza e melancolia, primeiro por causa da coisa mesma, segundo porque quem assim me falou eu amo de dar a vida. Eu acho que o homem é religioso como é bípede. Tem Deus no começo e no fim. No meio fica a gente esperneando. Se espernear de acordo, isto é, com sinceridade, esbarra NELE, não tem conversa. Tem gente que grita por gritar, porque acha bonito. Comigo aconteceu, não por mérito meu, está se vendo, que esbarrei cedo. Mais esperneio, mais esbarro e fico puxada, agulha no ímã. Como que eu posso falar de outra coisa? Sofro muito apesar da cara risonha, porque ELE sempre é muito exigidor e fica pedindo coisas difíceis. Tinha muito a tentação de ser pagã. Imaginava que pagão não pagava dízimos, que era só ficar aí, curtindo, lambendo o mel da vida, dançando, saindo no meio do baile, com seu par, procurando um lugar discreto no jardim, pra cochichar no ouvido aquelas coisas boas, segurando na mão da gente, com maciez e quentura. Isso é paraíso, não é? Mas não tem paraíso aqui pra ninguém não. Deus não pega na minha mão. Falar no meu ouvido Ele fala, mas é assim: "Vai, vende tudo que tens, reparte com os pobres e me segue." Não me beija o rosto e ainda me pede a outra face para o bofetão. Mesmo quando me pede em casamento, faz é esponsal místico. Tenho que inaugurar pra mim um jeito novo. Eu falo muito, eu sei disso, mas é só porque ainda não achei minha forma. Quando isto acontecer, vou ficar contida e poderosa, cheia de força como uma nuvem preta expedidora de raio. Santo é assim, não é? Você toca nele e sai uma força que te põe trêmulo e branco. Quero o que se deve querer, já que, conforme o mandamento, somos todos chamados à perfeição: é por isso, é por estrito senso de dever que eu quero o mais custoso. Gosto de coisa boa. Me incomoda pensar que pode ser o capeta que tá me confundindo, enchendo a minha cabeça com esta precisão de distinguir, em vez de dar folga pra viver sem complicação que, pra mim, é o seguinte: comer sem fazer jejum. Amar sem fazer jejum. Ter licença de abrir o coração pra quem eu quiser. Abrir o coração, bem explicado: amar sem jejum de sentimento. Isto implica o esforço natural e necessário de conseguir e manter o amor: um decotezinho mais brejeiro, batom Anaconda de brilho, um puxadinho de nada a lápis *crayon* no cantinho dos olhos, fazer aquela cara que eu sei fazer, pondo minha alma todinha num certo modo de baixar e levantar os olhos, primeiro oblíquo, depois direto. Porque eu gosto da humanidade, em particular da representação masculina da humanidade. É muito divertido comerciar com os homens, estimulante como nenhuma outra coisa é. Eles ficam encantadores, querendo pegar a gente em falso. Isso o homem comum. Imagine os santos! Fico em estado de loucura, tentação tentada. Tem coisas que eu faço bem. Posso fazê-las mesmo? Tudo é de Deus, menos o pecado. Você, que me escuta e tem coração maldoso, ri pra dentro pensando que eu sou fácil. Não sou. Eu sou muito pedregosa, caçadeira de chifre na cabeça de cavalo, caçadeira de indaca. Em vez de casar e cuidar dos filhos, pôr espinafre moído na sopa deles pra eles ficarem fortes, pregar com linha dupla os botões na camisa do meu homem, eu fico teologando em latim, fico querendo um Romeu constantemente na minha janela, falando e tocando violão pra mim como se eu fosse a única mulher desta terra e a mais bonita, sem a qual homem algum pode viver. Ó meu Deus, no fundo é só isso mesmo que eu quero, é só por isso que tantas vezes uso Seu Santo Nome, em socorro do meu humano amor. É usá-lo em vão? Eu quero a santidade na reunião de literatos discutindo a metáfora. Eu pressinto que pode. Não permita que isto seja mais um ardil meu, pra conquistar o reino deste mundo. Com a cabeça no Vosso colo quero dormir. Quero ser canonizada santa casada poetisa. Na minha imagem quero bem visível a aliança no dedo da mão esquerda, a coroa de louro reverdecente na minha testa. Assim, por catequese, para exemplo e conquista de quantos se afastam porque falo Teu nome, ó Senhor, com minha língua suja, mas com um desejo tão puro minando do meu coração, como resina em tronco machucado.

17

Tem hora que sinto vergonha de me preocupar com coisinha miúda, conforme seja o ciscadinho do pardal em riba do muro, enquanto os terroristas tão fazendo proeza internacional, içando radar, matando guarda africano, fazendo avião do presidente virar caco e levando cem reféns sãos e salvos pra Terra Prometida, tudo sem ajuda de Jeová. Escuto as notícias, garro a espernear. Bela providência mesmo! O chão encharcado de sangue, órfãos e viúvas se esgoelando e eu dando birra. Quero tomar atitudes, fazer uns lembretes, alguém me escuta? Fica direito pôr minha colher no tacho de uma cozinha tão longe, quando sangue da mesma qualidade tá criando crosta e fedor ao redor de mim? Há quem pegue em bandeiras e cubra o rosto pra esconder a vergonha. Ainda existem partidários sinceros. Eu passei da idade, quero todos os exércitos nus, os partidos todos, o general comandante pelado, o cozinheiro, o telegrafista, a enfermeira da Cruz Vermelha, pra brigar no braço, sem nem um bonezinho, uma peninha que seja pra atrapalhar. Queria ver até onde ia o rompante de muita gente que pensa que é dona do mundo. Imagina que homem importante fez discurso na televisão teimando que somos um povo muito feliz, porque em todo canto onde ele ia inaugurar o pessoal era um sorriso só. Menos eu, que ninguém reparou, porque não fui focalizada pelas câmaras, porque fazia careta, depois do que vi na casa do meu tio, nos arredores da maior cidade do Brasil. Queria dar minha abalizada opinião, mas não deixaram, porque eu não fotografava bem, aquilo não era imagem que se mandasse via Embratel. Eu não bebo, não fumo, não tenho paciência com jogo nenhum, mas alguma coisa tive que fazer pra pôr meus nervos no lugar, conseguir um modo de compreender o mundo. Comecei já naquela horinha uma novena pra Santa Teresinha do Menino Jesus, a fim de obter discernimento quanto ao rumo das minhas ações, eu que nasci pra fazer coisas, pra representar no teatro, pra ser o cruciferário, o porta-bandeira, guia de procissão, de museu, de escola de samba. Pessoa encantadora essa moça francesa, menina sensível que aos vinte e quatro anos de sua idade alcançou o céu e as honras dos altares, prometendo jamais negar pedido a ninguém. Dito e feito, ao principiar o fim da novena recebo de amiga distante e não íntima um envelope contendo o retrato de Teresinha com a seguinte dedicatória: A Dolores, com votos de que Santa Teresinha lhe dê saúde e disponibilidade no serviço de Cristo! Mercedes. Olha o que fui arranjar! Meio burra que sou pra decifrar mensagens, não sei que atitude tomar. Conforme minha amiga, serviço de Cristo pode ser na igreja direto ou nas boates da vida. Sou frouxa de saber. Mas qual é a minha? Mesmo que não conte pra ninguém, tenho vergonha de fazer outra novena pra saber a mensagem da mensagem. São Francisco, às vezes, quando não sabia a direção, rodava o burro e, de acordo com o lado que ele parasse, seguia tranqüilo a vontade de Deus expressada na posição do jumento. Eu ando de carro, como vou fazer isto sem perigo pra mim e meus semelhantes? O ciscadinho do pardal em riba do muro. É só isso que eu sei, do ciscadinho, do pardalzinho, do murinho. Uma ajudazinha, Santa Teresinha do Menininho Jesus, me manda uma florinhazinha do campo, de sinal, que eu descubro a vida, minha vida vidinha.

18

Eu quero saber sempre quem é maior, quem é menor. "Senhor, meus frades foram chamados de menores para não desejarem ser maiores... Pai, eu Te suplico, que eles não sejam mais soberbos que pobres, que não sejam insolentes contra os outros, que de maneira alguma permitas que sejam promovidos a prelaturas" (disse São Francisco ao cardeal Hugolino, que quis conferir prelaturas aos frades menores). Eu gosto, gosto não, amo por amor de Deus um sujeito pretensioso que escreve coisas assim: em nossas despretensiosas considerações de hoje vamos fazer um efêmero estudo sobre o início da arte dramática. Voltamos a considerá-la, para situá-la e melhor condicioná-la e conotar ainda mais sua radical... Ó meu Deus, eu posso dar umas chicotadazinhas nestes vendilhões do templo? Me dá o direito de sentir ódio. Eu não sou bom. Eu gosto de fofoca. De fato, ardo por saber quem está passeando com a Nica do Gomes. Imagino a Nica, com a casa cheia de moças, toda a vida fazendo pastel pra fora, na maior compostura, resolveu pôr chifre no Gomes, coitado do panaca. Olha como que eu vivo dilacerada (corto dilacerada, palavra bonita), olha como que eu vivo esbodegada de tanto bater com a cabeça. De um lado o que eu quero: me tornar ALTER FRANCISCUS. Não é ALTER CLARA ou ALTER TERESA, não, é FRANCISCO mesmo. De outro: sonhei com uma cobra escondida numa moitinha de trevo que me picou dois dedos, com muita dor. Tou louca pra telefonar pra minha amiga pra ela me interpretar se é traição. Se for, ótimo: alguém, por me julgar importante e no auge do sucesso, quer me prejudicar. Ô glória! Tou com tanta raiva (Francisco não quis se tornar Francisco. Francisco quis se tornar Cristo. Há um equívoco da minha parte? Há.) que anunciei esta manhã pra ferir meus amados: vou queimar toda a crítica sobre meus textos. Que me importa? Que se lixem. Que se danem. Que se arrebente tudo. (De puro orgulho eu queria ser pobre.) A banalidade, o mais absoluto anonimato, comprar quiabo na feira com as pernas cheias de varizes, ninguém me olhando nem uma primeira vez. O filete de capim tá nascendo debaixo da pedra. Vai dar, na estação, sua flor dura e cinzenta, sem ninguém saber. Me chamam de humilde: ah! ah! ah! eu não sou não. Me chamam de orgulhosa: ah! ah! ah! também não. Ouvi bem: fingidora? Não. Sou pecadora. Quero brilhar. Estou possuída da tentação do sucesso, do mais absoluto e trágico sucesso. Quero um sucesso trágico. Por isso leio as resenhas dominicais sobre minha obra. Obra? (A obra na latinha para exame?) E digo aos criados: ponham na cesta, vendam ao papel velho, se quiserem. "A simplicidade é aquela que em todas as leis divinas deixa para os que vão perecer toda verbosidade, ostentação e preciosidade, enfeites e curiosidade, e vai atrás da medula e não da casca, do conteúdo e não do continente" (escritos de São Francisco). O zumbido no meu ouvido é do meu próprio aplauso? Para glória de Deus, Satanás me envergonha. Me chama

Satanasa, Ratazana, Malafama. Como uma ferida em seu auge, o pus fervendo, as bordas avermelhadas, as cascas se formando. Má. Ruim. Capaz de dar a vida? Dou. Dou? Já dei uma vez. "Simplicidade quer dizer sinceridade." O que sou? Indigesta. O que fiz bem, só pela graça o fiz. Em alto e ótimo som repito: SÓ PELA GRAÇA O FIZ. Ó Francisco meu pai, esposo da pobreza, pára de me amolar nesta hora paratecnológica. Eu pergunto: tem vida em Marte? Você responde: "A simplicidade não acha que as melhores glórias são as da cultura e por isso prefere fazer e não aprender ou ensinar." Eu sou filha do meu pai, eu gosto, no amor, do arrebatamento do amor, o Cântico dos Cânticos. Francisco, quero ficar em transe como você, a dois metros do chão, os olhos vidrados de tanto amor, no sol, na chuva, no tempo. Sai do tempo, menina, você apanha defluxo no sereno, falava meu pai que falava: a palavra *raca* está no Evangelho e quer dizer bobo. Chamar o irmão de bobo é crime! E toda a sua vasta estrutura amedrontava-se, porque ele xingara o irmão de filho de sua mãe. Oh, desestruturo-me também. "Sabedor de seus distúrbios do baço e do estômago, um guardião, para protegê-lo do frio, mandara costurar uma pele de raposa por baixo de seu hábito. Francisco quis pôr outra também, pelo lado de fora, para não esconder ao povo o cuidado que tinha para consigo mesmo" (Celano, na *Vida de São Francisco*). Eu, querido pai, quero um vestido feito com as águas do mar e os peixinhos nadando, quero um vestido de noite com as estrelas e a lua, um vestido tão belíssimo que choro choro e choro porque o vestido existe e eu não tenho ele. Ou este, ou um vestido de saco de farinha de trigo. Posso? Não posso. "Francisco escolheu frei João, o simples, como seu irmão preferido, graças a sua simplicidade, embora em certo ponto o santo tivesse que intervir para proibi-lo de levar essa virtude a limites indiscretos" (Celano). A mulher com varizes compra quiabos na feira. Ninguém vê. A mulher põe seu vestido de malha sintética e vai dar aulas de Moral e Cívica. Ninguém vê. Recorta do jornal cheia de alegria a criticazinha do seu livro e vai pregar no caderninho de recortes. Ninguém vê, mas a alegria sobre as coisas garante que elas estão perdoadas. "Irmãos, irmãos! O Senhor me chamou pelo caminho da simplicidade e me mostrou o caminho da simplicidade" (frase de frei Leão citada por A. Clareno, *Expositio regulae*, cap. 10, Ed. Oliger, Ad Claras Aquas, 1972, 210).

19

O que eu sinto na gestação do poema? Aponta o lápis que já te digo: que bom se não desse diabetes na minha família, se a doença de Chagas parasse de matar meu povo. A tia não tem, o tio tem, a prima tem, o primo também, o avô, a avó, o irmão têm. Que bom se não desse cáries. O mal de Parkinson ensinou nós todos a dançar. Minha infeliz tia, que em solteira foi, por oito vezes consecutivas, presidente das Filhas de Maria, peleja pra comprar uma portinha que vende pão, pirulito e guaraná Divinópolis, pro filho dela tomar conta, porque ele não pode com serviço pesado. Ela tem doze mil que sobrou do lote que ela vendeu por trinta, mas a diaba da dona do boteco só vende a espelunca por vinte e cinco, a exploradeira. O meu filho adorado saiu de casa pra estudar na escola Seu Saber É pra Vencer. Escola parece guerra. Deixava ele em casa, se pudesse. Que bom se eu tivesse saúde pra um fogão de lenha. Levantava cedo e acordava os meus homens: oi, gente, café tá esperando, ninguém vai pra roça hoje não? Levanta, Francisco, levanta, José, Antônio, levanta. Rosa e Maria ficam pra torrar a farinha. O dia cheio, a noite com o crescente no céu, a cafeteira no canto do fogão. No pasto tem cobras, mas no céu tem São Brás e na guarda de cada um o Santo Anjo do Senhor. Eu queria a saia rodada até no pé, eu bonita, mesmo com o cabelo branqueando, a vaidade de prender ele num coque amarrado com lenço de seda pra amaciar e proteger da poeira. Sou *patronesse* da festa de caridade. No meio do jantar eles dizem meu nome, vou lá na frente com uma etiqueta no peito. Batem palmas pra mim e se estabelece entre nós uma aversão tão grande, o pus da festa se forma, ameaçando entornar. Aproveito que estou no palco e começo: a verdadeira caridade... Mas então eles põem o som altíssimo e sorteiam os brindes. Sou a primeira e melhor premiada. Batem mais palmas pra mim. Senhor, Senhor, por que me abandonaste? O que vai ser de nós? Do meu particular destino? Dos filhos que eu gerei? Visito um por um nas suas camas: Deus te abençoe, Deus te abençoe, volte para ti o Seu Rosto, proteja-te contra a escola, a filantropia, o vírus, contra meu triste e errado amor. Vinga o pinto no ovo, vingam as sete crias da cadela ganindo na poeira. Por que não vingará o que Cristo remiu, o que a água do batismo e seu sal e seu óleo prometeram preservar? Meu óvulo cariado transmite com precisão a doença ancestral. Os nossos filhos iam ser perfeitos. De asséptico amálgama antecipamos seus cabelos de seda. Reveladores do seu puro sangue iam ser os seus dentes. Que houve então? Este espanto não se pode esconder, não é mesmo? Olha-os dormindo: lábios e pálpebras mal fechados mostram a pupila atingida, o dente partido em diagonal, o leve tremor do que, no sono, insiste nas palavras do seu sonho. Legados com equanimidade os apodrecimentos de nossos pais. Mais que a asma atávica, o medo. Mais que o medo, a palavra cruel que ainda vão aprender, a forma bruta de olhar. Em culpa, não-saber e até com alegria os geramos, os que iam ser deuses. Acaso os desvelamos? Ou existir é que é assim irreparável? Por eles nosso amor e a pele do nosso rosto se confrangem, principalmente quando dormem, vulneráveis como homens. Amor eu disse. Não é este o nome do que nunca desiste de soprar uma forma sobre o barro? Galharda, olímpica, passo à frente, esquecida, entre suspiros e cantar d'amores, seu fogo infátuo, o pecado original. Pelo reino deste mundo meu coração suspira, pela saudável beleza, pela longa vida, meus filhos, rebentos de oliveira, ao redor da minha mesa. Não fiz o mundo mas tenho que carregá-lo. Que bom se eu só pudesse gozar. Por uma parte respondo, da outra e maior Deus cuida. Pode-se rezar contra a peste, a fome, a guerra, lutar gota a gota contra o invisível inimigo, na carne, nos corredores da alma, pondo tropeços no amor. Você dá o remédio a seu doente, a gota pinga na barba e cristaliza-se, o sol bate nela, ela rebrilha e seu coração reflui de uma não-tristeza, alegria sem guizos, paciência. A ovelha pronta para o sacrifício, ela sabe balir, ela sabe falar, ela escreve, vai parir o poema, começar tudo outra vez.

20

Com que roupa é o samba que eu canto mais, com um pé adiante outro atrás, uma nuvenzinha indecisa, porque a cabeça branqueia, mas a avidez é a mesma. Sem desfilar eu não fico, mais este ano ainda eu saio: Dona Flor e suas duas pétalas? As Tinas do Rei do Salmão? Não vou dormir as oito horas. Não faço a menor pausa. O que julgo do meu dever é espaventar o ridículo, por isso rogo paciência, espaço de eu inventar uma fantasia pra mim. Inventar, sim, pois acho, pra meu uso, que a penúltima palavra é da ciência, senão vejamos: como pode que as árvores de noite liberem gás carbônico? Tinha sobrado índio em floresta? E a brincadeira do disco de Newton? Ora, pinte-se um papel com as todas cores e gire-o apressadamente, teremos então o branco que por isso fica sendo a reunião de todas as cores? Prefiro eu mesma testar. Mas uma coisa adianto: meu bloco não sai sem eu. Adoro dar entrevista.

21

Neste mundo já teve a Campolina do Zezim da Campolina. É o nome da mula dele. De primeiro eu achava que era nome safado, não sei explicar por quê. Acho que porque parece bambolina e bambolina é meio escracha, não é? Em 1950 escutei a primeira vez falar 'A Copa', uma beleza, eu achei, igual 'A Rádio', que eu repeti na escola e me cercaram de respeito. 'O Copa' eu acho mais bonito, mas nem tudo é como a gente gosta, por exemplo: mãe cortar o cabelo da gente, todo mundo passando e vendo. Ela falava alto demais, parecia xingo, uma tristeza aquilo, eu no meio do terreiro com o queixo enterrado no pescoço e a mãe podando. Um dia entrei em casa ressabiado, ela foi falando: ondé que o senhor desbastou a folhagem? Foi no Jão, mãe. Qualé Jão? O Jão barbeiro, uai. Só podia ser Jão mesmo, ela disse, olha que coisa, cheio de caminho de rato. Jão, Jão, repetia virando minha cabeça, sem me xingar. Não entendia a mãe não, ela que era chegada a um cascudo ficou foi rindo. Coisa engraçada conta a favor de quê? Do bem ou do mal? Tem coisa neutra não, até a Igreja Católica acabou com o limbo. Achei bom, limbo é mesmo sem sustância. Aqui em São Jorge do Divino tá pra ter a igreja mais feia do Brasil. Fizeram, na praça dela, uma cruzona de cimento com uma rodela no centro de onde é que sai uns metal amarelo fingindo os raio de luz e escreveram ao redor: *Homem-salva-te!* Dentro dela é muito pior, o altar-mor é pintado de cor-de-rosa e azul-pavão, a maior fartura de adália de plástico e conforto moderno: alto-falante, microfone, luz de mercúrio, essa que dá claridade branca e zoadinho no ouvido. Padre do interior gosta muito de ser fazendeiro e motorista. Quando chega a missa das dez, já estão tudo doido pra ir pra fazenda, despacham o povo na maior pressa, tadim do povo, sai dos Costas, do Quilombo, dos Branquinhos, do Pari, vem a pé, de bichinha de ouro na orelha e precata na mão, pra escutar uma arenga que até o Judas ia ter vergonha de fazer. Muitos domingos seguidos vi o padre Toniquinho sapecar missa sem pregação, sem dar satisfação pra nós dos santos evangelhos, abrindo a boca entre o pai-nosso e o cordeiro-de-deus, pra sair disparado no carro dele, feito moço moderno. Deus tá vendo mas o senhor bispo nem sonha. O povo tem medo demais de falar as coisas, já vive marretado de tudo quanto é lado, não quer caçar encrenca com as coisas de Deus. Se assistisse Concílio do papa João XXIII ia ficar bobo de ver o que se pode falar. Da vida particular dos padres tá careca de saber. Um ou outro mais descompreensivo até já deixou de tomar a comunhão da mão de alguns. Mas a maioria entende, por um escuro caminho do Divino Espírito Santo, que Nosso Senhor é maior que sua Igreja que, mal comparando, parece puxada pela mula do Zezim. De igreja aqui a única coisa que presta é a procissão do padroeiro. Fora isso é o que todo mundo tá enfarado de saber; é o padre Lino com a Cota do seu Túlio, o bobão do Euclides Sacristão segurando o apagador de vela como se segurasse a bengala do papa, e o Santíssimo Sacramento do Altar sem poder fazer nada, apesar de que Deus de fato é espírito e não tem corpo. O que teve tá pregado na cruz e bem pregado. Serviço de Deus é esperar e olhar. O que cabia pra Ele já está feito: já fez o mundo, já morreu na cruz, já mostrou o coração pra Santa Margarida Maria Alacoque, pra nos servir de exemplo. Serviço nosso é dar um jeito, é bater na porta do padre Lino e chamar ele pra um papo, escrever pra Sua Excelência, ir em Roma, fundar um jornal pra debater a ignorância do povo, tudo sem faltar com o respeito e a caridade. Afinal de contas, padre também é filho de Deus, coitadinho, e tentação parece que dá mais é em cima dele mesmo. Lembrei disso tudo porque tou aqui no Salão Red River cortando o cabelo e é tempo de Quaresma e eu tou aflito por causa da chateza que vai ser a Semana Santa aqui no Divino. Preferia muito mais, quando eu morava no Partidário, a mãe mais o pai obrigando a gente a fazer jejum, lendo na hora da comida as passagens da Paixão. Muito mais verdadeiro. A ótima pessoa que era o Zezim da Campolina, tempo de Quaresma, tirava o cincerro do pescoço da mula e fazia quarenta dias de jejum, sem carne. Isso quando ele era vivo.

22

Se eu pudesse, hoje, varria, isto mesmo, varria as pessoas todas com vassoura, como se fossem cisco. Limpava o chão, passava pano molhado pra refrescar, ia chorar e dormir. Meu coração agora faz diferença nenhuma de coração de galinha ou barata que galinha come. Não tem amor nele, nem de mãe, nem de esposa, nem de nada. Tá seco, raivoso e antipático, quer é sossego, quer é lembrar o morto horas a fio, espernear em cima de vida tão sem graça e cinzenta. Gosto de ir até no fundo da cisterna e revirar o lodo, tirar ele com a mão, me emporcalhar bastante, só pra depois ver a água minando clarinha de novo. Gosto da cesta sobre a mesa com mamões e bananas, gosto de lavar o filtro todo sábado, encher as talhas com água nova, gosto. Gosto, mas exaspero-me esquecida dos dons, e parto, como hoje, o pão, sem reparti-lo. É verdade que sou uma mulher inscrita no seu ciclo. Mas já dura demais. Quero é neste dia mesmo, prenhe do meu mênstruo não vazado, escutar dos meus: esta é minha mãe; não vá agora, minha mulher vai fazer um café. Sorrindo, servindo-os como a pombos, com arrulhos, milho e água fresca, andando no meio do revoar deles, sem pisar nenhum; inocente do pensamento que eu vou gerar nos homens: é uma mulher que se pode contar com ela à noite. Assim, riquíssima e útil, a alta-tensão, por fim, domesticada. O poste fincado sem perigo, no meio do jardim.

23

Por causa da minha caprichada educação religiosa, aprendi coisas lindas: solidéu, por exemplo, aquele bonezinho minúsculo que papa mais bispo usam e se chama assim por causa de poder ser tirado só pra Deus. Olhe bem: *soli Deo!* Se isto me livrasse de ficar triste por estar envelhecendo; quase que me livra, por um modo muito impossível de explicar, psicordiquices, um luxo meu pra de vez em quando. No batente mesmo, na dura realidade, ficar velha me dá muita jeriza, vontade de parar com tudo e ficar assistindo, na pirraça. Te falo. Se não tivesse pra me proteger um amor de uso e fruto, para os rigores do inverno e as asperezas de qualquer estação, me arrebentava toda. Não em tentar contra a vida, por ser primeiro contra os meus princípios e segundo por corriqueira falta de coragem. Tem hora parece que já nasci com este corpo duro; não me valem retratos, testemunhas pessoais, um fóssil autêntico de minha vida pregressa. Parece que sou sempre agora assim, advindo, abvoltando nessa sapiencial idade conselheira? Eu quero descobrir o que é que me incomoda tanto, como se tivesse a anágua aparecendo. Os achaques? O pardo e o branco que me visitam e cada dia melhor se abancam na minha pele, córnea e cabelos? O lugar no ônibus cedido, a parte macia do frango: há um grão de imoralidade aí. Danem-se tudo e todos que se acercarem com um olho condescendente, outro sorrisor, pra me pedir opinião devido a eu estar ficando longeva. Envelheço feio, diferente de companheira minha a quem admiro e invejo. Ela, quando é o caso, telefona desmarcando devido a estar com os dentes na oficina e vai tranqüila fazer tricô, enquanto espera, digna esposa e mãe, breve futura sogra e avó. Eu não, vez em quando perco a capacidade de figurar exato minha imagem e cometo as sandices: corto o cabelinho, depois me dá vontade de amarrar o cabelinho, cadê o cabelinho pra amarrar? Não falta quem me dê conselho, minha irmã bem me avisou: não faz permanente, Gerontília, você não vai agüentar permanente e fossa. Pois fui e fiz e enfossei e lancei olhar de amor pra arma de fogo e faca, num ódio dos meus cachos mecânicos. Assim se geram e gastam meus impulsos suicidas, na minha cabeça de ouriço, neste vestido inviável com uma cor tão juvenil, tão gentil para abril, menina saindo do mar entre gaivotas, tão, tão, tão... Se não existisse para mim, quanto para Immanuel Kant, a lei moral dentro de nós e o céu estrelado sobre nossas cabeças, me avessava de vez. Ia rir, rir, rir até me desidratar e parar engelhada, para o resto dos meus dias pacificada num ser que não pudesse aspirar a ser mais velho, matusalêmica avó. Porque é engraçado, é engraçadíssimo tecer rede pra pegar o tempo. É fora de série de gozado a gente pôr meia grossa e um vestido aberto até na cintura e ir dançar com oitenta anos, cantar com voz picotada, pra tropeçar no final e cair no fosso da orquestra. Mais engraçado ainda é ficar emperreado lá dentro e não sair enquanto tiver uma pessoa no teatro. Isso me aconteceu e acontece. Sobrevivo porque o amor humano é muito satisfatório, demais até satisfatório. Tem sempre um eletricista, um *cameraman* compassivo disposto a fazer vista grossa, passar a noite com a estrela e consolarem-se. Dizem, o mais triste no passarinho engaiolado é que ele ainda cante, ou assim, que dá na mesma: que é triste demais, por desgraçado e insolvente, o homem rir de si mesmo. Eu não penso assim não e acho este pensamento demoníaco, por falta de qualquer humildade. A hora da tentação vem e passa, se recobra o juízo. Eu rezo assim, como Nossa Senhora: *Fiat voluntas Tuas*, eu rezo Senhor meu Deus e meu Pai, Vós sois tudo e eu não sou nada. Nem me tenho por herética se invariavelmente me acode esta forma budista: "Dor é vontade de ser." Digo como diz a moça que tem câncer no lábio e todo dia vai comigo à missa das seis e trinta: sou uma cera na mão de Deus. É quando me acalmo e vou cuidar do meu serviço. Sobrando tempo, até passo um alisante na minha cabeça de couve-flor, encomendo um vestido que por este ou aquele discreto pormenor me faz mais juvenil. Como fazem muitas senhoras mineiras.

24

Eu, se fosse governo, subia num tamborete, batia palma e gritava bem alto pra todo mundo escutar: cala a boca, gente, escuta aqui. Obrigava todo mundo a ficar quieto primeiro e explicava o meu programa administrativo. Governo não é Deus, muito pelo contrário, é o tipo da coisa que precisa de ajuda. Não ia fazer nada sozinho, que eu não sou bobo. Escolhia pra meus ajudantes só gente que tivesse duas coisinhas à-toa: honestidade e competência. Feito isso, falava pra eles: faz um levantamento do nosso país, aí, isto é, varre a casa primeiro. Depois conferia numa assembléia, que não ia ter recesso enquanto não me dessem, por escrito, quantos meninos sem escola, quanto pai de família sem emprego, quanto homem e mulher que fosse amarelo, feio, sem dente, sem saúde, sem alegria. Me aparecesse tudo anotado no papel. Bom, depois dava um descanso de meia hora pras câmaras alta e baixa e ia de novo presidir eles arranjarem um meio de acabar com essa tristeza toda, em primeiro lugar com o problema da comida. Porque vou te dizer: passar fome não é coisa pra gente, não; passar fome é de uma desumanidade tão exagerada, que só pensar bole com a bile de quem tiver um grão de consciência. Eu não tenho poder nenhum, de política eu não entendo. Fico falando essas coisas, fico mais ridículo que galinha na chuva, já viu que dó? Aquele passo bobo, aquele pescoço esticado pra frente, olha aqui, olha acolá, encharcada na friagem e na lama, sem resolver nada e, pior que tudo, sem saber de nada. Eu falei de comida, mas tudo tem um nome só: "Procurai antes o Reino de Deus e Sua justiça", está escrito na Bíblia. Pois nosso país assinou a Carta dos Direitos Humanos, não assinou? Nós somos um país rico, cujo tamanho abarca Europa inteira e ainda sobra terra pra leilão. Não é assim? Então, pelo amor de Deus, o que que eu posso fazer pra ter sossego, pra recuperar umas coisas que desenvolvimento nenhum nunca mais vai me dar? Olha, antigamente, quando chovia encarreirado igual tá chovendo agora, eu gostava de pedir à mãe pra fazer mingau de fubá. A gente bebia e se enfiava debaixo das colchas pra escutar chuva e ser feliz. Enchente era bom porque o Edgar do Zé Romão subia na canoa com o pai dele e vinha navegar quase na nossa porta, pra fazer bonito. Era cobra que aparecia, era gente do centro descendo pra apreciar. Hoje, não. Tá chovendo eu não tenho gosto de aproveitar, fico é pensando: ô minha Nossa Senhora, tem gente com os treco tudo molhado, sem uma coisa quente pra forrar o estômago. A situação, entre outras coisas piores, tá estragando com minha vocação de sambista, fazendo tudo pra me tirar o rebolado, o que é me matar da pior das mortes. Tou com medo de apanhar tristeza, encardir de melancolia. Sei que sofrimento neste mundo é fazenda de todos, mas tendo justiça, meu Deus, ao menos miséria some, ao menos ninguém vai ter susto de ser preso à toa, de apanhar sem poder dizer essa boca é minha, explicar, de pé feito um homem, se tem culpa ou não. Culpa eu tenho demais. E medo. Perdi pai, perdi mãe, fiquei grande com muitos filhos nas costas. Tem hora minha vontade é chorar de bezerro desmamado meu fundo desvalimento. Tenho que fazer isso escondido, porque os meninos, quando sofrem o medozinho lá deles, é atrás de mim que correm, pensando que eu sou forte, só porque sou grande. Eu não posso ir pro convento, gente com filhos não pode. Tapar os ouvidos não quero, que é covardia. De morrer eu não gosto. Francamente eu não sei o que fazer, eu não sei mesmo. Se eu fosse o governo ou o chefe dos bispos do Brasil, baixava um decreto pra funcionar desde o mais perdido cruzeiro de roça até a catedral mais chique, desde as prefeituras mais mixas até o palácio dos ministros. Que se estudasse até descobrir o que Deus quis dizer exatamente, quando inspirou o profeta a escrever no Livro Sagrado esta oração mais linda que se reza em vésperas do Natal: "Derramai, ó céus, das alturas o vosso orvalho e as nuvens façam chover o Justo." Porque Ele veio e virá sempre à palha e ao cocho para ser compassivo. Mas nós o que estamos fazendo pra ajudar?

25

Mistério maior que eu acho no sexo masculino é a sobra mesmo, capaz de propulsão desde a mais tenra vida, procurando o quê? Noca punha o Zico mais o Pulinho na bacia, na mesma hora a coisinha subia, ela enjerizava: baixa isso, menino, baixa logo, senão apanha. Certas psicologias têm infernizado muito as coisas, botado sua pata suja em tudo quanto é lugar, feito o mesmo serviço do intervencionismo da religião do chicote. Corpo mais alegre que eu conheci era o meu mesmo, até que me explicaram o significado dos lírios nas imagens dos santos. Agora, com a minha vida no meio, é que achei mais sossego. Em pequena eu quis muitas vezes ser menino, só por causa da molinha que eu não tinha, achava poderoso e nunca, em nada, eu quis ficar por baixo de ninguém, por baixo que eu digo é inferior. Tenho de explicar porque tem gente muito maldosa que gosta de interpretar tudo na bandalheira. É um assunto difícil de deslindar, esse de macho e fêmea. É mais difícil entender coisa do que alma. Um dia fiquei olhando pra um abacaxi por muito tempo e cheguei à conclusão de que entendia mais Deus que aquela coisa cascuda. Por isso mesmo eu acho fascinante a concreteza do mundo, a massa compacta e fumegante do angu. Era a pessoa mais infeliz do universo se não tivesse ressurreição da carne. Mas porque tem, mesmo ficando velha e torta como tou ficando, eu saio assobiando e pulando num pé só, de tanta satisfação. Corpo é fora de série. Veja se estou errada: eu amo a Deus em espírito é com meu corpo, porque quem levita é ele, é ele quem fica extático na montanha sagrada e recebe os estigmas e as tábuas da lei. Com pouco, desvio do assunto. Machismo existe, tá aí sorrateiro, enfiado por tudo quanto é canto. Se você quiser pode fazer aqui um comentário obsceno. Que faça. Quero é desabafar. Tou cheia de agüentar o papa, o presidente da República, o ministro, o prefeito, o magnífico reitor, o açougueiro, o padeiro, o padre, o meu pai, o meu avô, o meu irmão, o meu filho, o pai do meu filho, o anjo Gabriel, Satanás, tudo homem. Zuzu barbeiro dizia: minha sogra é mulher, minha mulher é mulher, minha filha mulher é mulher. Na casa dele só tinha ele de homem. Mas Zuzu era muito engraçado, falava pra gente rir. Eu falo é sério e falo com crédito porque desde pequenininha que eu gosto de homem. Nunca achei graça em brinquedo só de menina, não vou em chá de amizade, clube onde homem não entra. Penso que estou certa porque no livro da Bíblia, logo na primeira página, está escrito: "Deus fez o homem e o fez macho e fêmea" e isto quer dizer que somos iguaizinhos no valor. A boa diferença é só pra obrigação e amenidades. E olha, num tempo de escravidão como era aquele, tinha que ser muito inspirado mesmo pra escrever uma coisa bacana dessas. Quase dois mil anos, e muita gente por aí não entendeu. Porém concordo: tem que ser muito homem pra entender. Por falar em homem, tem algum por aqui?

26

Que beleza os relâmpagos atrás do edifício. Às vezes eu penso: nunca mais vou dar conta de escrever uma poesia. Meu braço dói, deve ser reumatismo. Será que fico velha sem fazer aquele vestido? Também fui casar com homem de serviço abraçador, isto é, abraçal, vou ter vestido é de nuvem, de espuma de sabão. Alegante e alefante eu não falo e acho feio, mas diácono é palavra bonita pra se ser e falar, medo é que não. Queria os medos antigos, de eletricidade, de cobra, de defunto, não os de agora, sem eira nem beira. Peço a Deus, com a cabeça prostrada no pó da terra, tem piedade de mim, me concede escrever um verso bonito, pôr ele no jornal e dizer pras pessoas que leram e gostaram: muito obrigada, muito obrigada. Já tive inveja de Santa Teresona a de Ávila e San Juan de la Cruz, dois espanhozes ferozes, depois fiquei mais modesta, escolhi Santa Teresinha. Se minha mãe fosse viva ia me falar assim: ô morte golosa! Xingo dela xingar esganação. Agora quero Santa Zita, fazedeira de humílimas tarefas. Preciso de vela e sinos, alva toalha, intróito e *ite missa est.* Ser santo é tarefa humana. Dava um dedo pra achar uma vida de santo com esta passagem assim: levantava às vezes, de noite, e punha um cabo de colher de bicarbonato num copo d'água, pra acalmar sua azia... Tarefa humana, até meu tio pode. Ele, pode ser senhora ou senhorita, convida a sentar é assim: abunde-se. É muito engraçado, porque é tímido e sensível. Ah, meu retrato de artista quando jovem, ai que saudade de mim, ai. Na minha família todos são de muito chorar, até um coral fizemos. Um verso só, um só verso perfeito e eu dispensava os músicos, os criados, o massagista. Rastro de Deus, ar onde ele passou, casa que foi Sua morada a poesia é. De outra forma, eu sou louca. Às vezes me flagro sentada, um modo de inclinar a cabeça, próprio do pessoal do meu avô materno, e digo: que pena não ter agora um retratista, esta pose raramente me ocorre. Eu gosto tanto da minha alma, fico admirada dela sobreviver sem minha mão curta de unhas cortadas no toco. Minha alma gosta de música, chega ao extremo de bordar com linhas de cores suaves toda a frente e manga de vestidos, tão diferente de mim a minha boa alma. O mais custoso de confessar é masturbação e gula. Adultério é facílimo, assassinato também, já o roubo não. Mas os dois primeiros, só com reforço especial da graça. Sexo é assim: a gente viaja de carro com um homem estranho, ele esbarra o cotovelo na gente, sem intenção, mas com complacência, igual Deus permitindo o mal no mundo. Errei dizendo complacência, porque Deus não se compraz com o mal. Se assim for, melhor é o Bezerro de Ouro que assiste e gosta de danças e comeria e sexo a la vontê, o qual continuo explicando: a gente vai fechar a janela de noite pra dormir e vê o céu todo estrelado, o Cruzeiro do Sul, limpinho, então dá aquela vontade no corpo todo de passear no espaço, de mãos dadas com um sexo oposto. A gente tá na roça conversando com um dono da casa mais respeitoso mostrando a horta pra gente e, na terceira vez que olha atravessado pra nossa pessoa, acha de explicar: mamão, quem tem de plantar é mulher e agachada, bem de frente pra cova, senão só dá mamão-macho, já tirei experiência. A coitadinha da Quita casou e foi passar a lua-de-mel numa fazenda em Aquiles Lobo. A prima do noivo, com desculpa de boa e serviçal, fofava o colchão até no telhado só pra escutar a barulheira deles, de noite. Pior era a avó, uma mulher velha daquelas, tinha coragem de gritar: ocês dois aí, vão parar com essa pouca-vergonha. Coitadinha da Quita, gente burra sofre demais. Por que é que não deitavam no chão? Qual é a lei que manda dormir em cima de jirau ou colchão de mola? Lei boa é a que a gente mesmo inventa, é, porque sem lei não tem graça nenhuma, seja amor ou trânsito. Quando aprendi que Deus era amor, fiquei na maior saliência pensando que Ele me queria pra noiva. Quem me vê assim pensa que eu sou uma descabelada devoradora de *hombres*. Sou nada, gosto é de fazer tutu nos outros. Desafio quem como eu pode conquistar um homem só com um certo modo de passar a mão nas sobrancelhas. Alguém notou que nem uma vez falei em prazer? E nem vou falar, porque não posso, porque sou igual Maria Deodorina Bettancourt da Fé Marins, "a que nasceu pra muito amar sem ter gozo de amor". Porque eu também tenho uma missão na vida: anotar os lugares de areia branca, vôo rasante de passarinho, todos os modos do sol. Tenho tanto que fazer no almoxarifado da humanidade. Não faço melhor porque tenho de dar aula de Moral e Cívica, cozinhar, comprar produtos de beleza e fazer exame ginecológico; fora as férias, quando aproveito pra me tornar objeto de cama e mesa, me distrair um pouco. Tenho tanta vergonha de ser feminista, só por causa dos homens é que eu sou, porque gosto deles demais. Homem é tão fraquinho, às vezes ser tão forte me cansa, me enfara e eu brinco assim: na outra encarnação quero vir homem. É brincadeira mesmo, porque não sou espírita e a metempsicose me dá mais canseira ainda. O negócio comigo é na ressurreição da carne, direto como uma estrela apaga e acende. Como eu ia dizendo, homem é fraco e mulher é forte, fortíssima. Move os dedos do pé, ele diz: meu amor. Move os lábios, ele diz: casa comigo. Move o que está fadado a mover-se, ele diz: pede o que quiseres. Se a gente for doida, pede a cabeça de João Batista numa bandeja de prata. Se for santa, não pede nada e vai transformando o mundo devagarinho, passando trator, destocando, arando, semeando. Depois haja celeiro, haja lugar pra tanta flor e fruto. Mesmo se nunca mais eu escrever um verso, como eu desejo com todas as minhas forças, eu vou morrer satisfeita. Meu corpo parece um terreno — eu, quero dizer.

Sem enfeite nenhum

O SENHOR É MEU PASTOR

Esta é a confiança que temos em Deus: se Lhe pedimos alguma coisa segundo a Sua vontade, Ele nos ouve.

I João 5,14

'Você não vai enjoar de mim? Vai gostar toda a vida?' Era a subliminar maneira que Jurema encontrava pra falar com Anselmo no assunto execrável. Ele se irritava às vezes com a quase impertinência, fazia uns olhos pedidores que a deliciavam, mas a moça namorava sem paz. Anselmo bonito e ardendo queria-a mesmo sabendo que ela...? Buscava o retrato dele e olhava sem leveza, a lembrança sujando o gosto. Ele também... Anselmo também faz... Pensava a palavra escandindo-a com força, mordendo os lábios. Rezava, reparava Jesus crucificado e sentia remorsos. Pois até Ele, não era verdade? Não era homem humano? Ele também, como ela e Anselmo e todo mundo. Cansava-se embaraçada, se adivinhando sem nenhuma humildade, sem compaixão também. Buscava o pai, ele sim, um homem sadio da cabeça: pai, o senhor não se incomoda com essas coisas do corpo? Nada, filha, tudo que Deus faz é bemfeito. É tudo muito natural, pois olha, e ilustrava com um casinho curto, craque neles. Suspeitara no pai um levantar de olhos constrangido? Nada. Era cisma dela, bobagem. Logo, dizia, vou ser outra pro Anselmo, só achando bom, gostoso, sem nada pra atrapalhar. Que jeito deram Abelardo e Heloísa, Dante e Beatriz, Anita e Garibaldi? Estes dois, pior ainda, em guerra e no meio do mato. Verdade é que se arrumaram. Não estão aí as obras (obras?) imortais, provando o amor deles resistindo? Pra ela também tinha que haver um jeito, pensava. O tio é que estava certo, fosse quem fosse por perto, ele se desapertava e, esquisito, não podia negar naquilo uma categoria de coragem, de nobreza mesmo, pelo menos muito mais fácil de engolir que o niquento do Alcides, enfeitando o vaso da privadinha dele com decalque de flores. Sua avó era outra. Fazendo crochê depois do jantar, inclinava-se impassível, a intervalos regulares, ora pra um, ora pra outro lado, e... tome bomba. Isso, sem que contração de lábios ou sobrancelhas traísse qualquer constrangimento, tranqüila. Jurema sentia admiração, inveja e ódio. Aquilo era o contrário de tudo que queria para compor sua vida com Anselmo. Como iria fazer depois de casados? Quando ele estivesse no serviço, é claro. Bom, mas e nos oito primeiros dias em que ele não trabalhava? Tirar ouro do nariz não tinha importância, não arranhava o amor, já que ela não enganava ninguém, lavando bem as unhas com escovinha e sabão, cortando elas no toco. Desafinava só se fosse na presença dos outros, vulgar e feio, igual cuspir, aí sim, arranhava. Só mesmo a coisa odienta crucificava, a que aviltava sempre. Os livros de formação não ajudavam, antes aborreciam. Amolava-se do tom de pudor que ressumavam, afivelado e raquítico, imaginando a cara do autor, ele sim, o boboca, com cara de — como a avó falava — cachorro que... na igreja. Jóia de comparação! A avó era uma grande pessoa, entendeu alto, amando-a sem crispação, gozando por algum tempo o correr da vida, certa como devia. Por algum tempo apenas, até que em novo e recrudescido assalto inventou uma hierarquia para a coisa, ordenando-a segundo a miséria: os gases sendo pior, mil vezes, que sua óbvia matéria explícita. Atentava no mau odor, no padre falando: pecamos por todos os sentidos, pelo olfato, inclusive. Pelo olfato, sim. Ela se comprazia? Sentiu vontade de vomitar e morrer. Entendeu que sozinha era o perigo, desequilibrava-se. Naquele dia, transtornada e infeliz demais, não agüentou dez minutos com os alunos. Avisou à servente e saiu pra rua sem nenhum medo dos automóveis. Foi para a igreja mais longe de sua casa e ficou lá respirando, seca, o pensamento em espasmos: porque não podia depurar da vida coisas tão boas, Anselmo passando a mão no seu cabelo, os olhos escuros, falando sem nenhuma apreensão ou artifício, sem temer nada: vem cá, Jura, vem cá. Começou a chorar sua reza, teria coragem, sim. Casava. Gostava dele, e covardia era palavra antipática e anêmica. Não gostava de tudo às claras? Não queria o limpo, o que certo fosse, direito e conforme? O que Deus faz não é bem-feito? Então fosse. Ele a visse ali, o coração fora do peito, Ele, que era Pai, tivesse misericórdia e a livrasse da "coisa", mandasse um sinal, iluminasse a trilha da sua vida, pacificasse seu amor por Anselmo, já perplexo e triste, começando a sofrer. Iria, como quem fecha os olhos e sem saber nadar pula n'água. Iria sim. Bastava Ele mostrar Sua vontade e ela se submetia, casava. Assumia o risco, o sofrimento e sobretudo a vergonha de ir viver com o Anselmo, sem ser anjo, com seu corpo necessitado e exigente. Deus, por amor de Deus lhe mandasse um sinal.

Saiu da igreja, achou Anselmo na praça esperando por ela. Muito simples, explicou pra moça, estupefacta, fui trabalhar hoje não, cismei de vir aqui. Mas, ela falou, como...? Mas como nada. Pode mais não? Vamos dar um passeio, ordenou rindo, puxando-a pela mão, fumando, o bonito do Anselmo, que se alegrou de vê-la tão diferente, dócil, pronta pro casamento que casaram e pôs Jurema dentro de sua vida e sua casa novas.

Decidida e convalescente de si, ela pelejava; cautelosa e em guarda, ciosa da presença do marido, não iria arranhar o amor, ela não. Foi quando varria a casa, a agressão. Quando arrastou o móvel. O esforço traiu sua vigilância. E sua avó e seu tio se vingaram. A distância, galhardamente — estrepitosamente é que fora? — Jurema estacou, paralisada no horror, brutalizada na sua compreensão do mundo, ofendida de raio. Anselmo ria, naturalmente, como riria de qualquer outra coisa, um pouco mais, é certo, divertido com o demasiado vexame dela, soluçando alto, encolhida na parede. Ele, então, advertido do que fosse talvez uma funda ferida, compadecido, mas espantado ainda por tão copioso e inexplicável sangramento, levantou Jurema, segurou sua mão, falando com o jeito mais precioso dele: olha, Jura, vem cá. E, no ouvido dela, a pornografia mais doce, a ternura mais despudorada, uma declaração de amor, safada e sacral, que ficou repetindo, com a língua roçando sua orelha, a mão quentinha alisando sua cara. Foi daquele dia a fotografia contra o muro do quintal, abraçados, ele mesmo batendo a chapa, amarrando o clique da máquina com uma cordinha. Não ficou muito nítido, mas na cara dela, todo mundo via, estava uma alegria indesmentível. Viam-se também a anágua e a alça da combinação. Radiava tudo. Ela toda.

Nas costas do retrato, bem no cantinho — o pai não entendeu —, estava escrito: UFA!

SEM ENFEITE NENHUM

A mãe era desse jeito: só ia em missa das cinco, por causa de os gatos no escuro serem pardos. Cinema, só uma vez, quando passou *Milagres do padre Antônio em Urucânia*. Desde aí, falava sempre, excitada nos olhos, apressada no cacoete dela de enrolar um cacho de cabelo: se eu fosse lá, quem sabe?

Sofria palpitação e tonteira, lembro dela caindo na beira do tanque, o vulto dobrado em arco, gente afobada em volta, cheiro de alcanfor.

Quando comecei a empinar as blusas com o estufadinho dos peitos, o pai chegou pra almoçar, estudando terreno, e anunciou com a voz que fazia nessas ocasiões, meio saliente: companheiro meu tá vendendo um relogim que é uma gracinha, pulseirinha de crom', danado de bom pra Do Carmo. Ela foi logo emendando: tristeza, relógio de pulso e vestido de bolér. Nem bolero ela falou direito de tanta antipatia. Foi água na fervura minha e do pai.

Vivia repetindo que era graça de Deus se a gente fosse tudo pra um convento e várias vezes por dia era isto: meu Jesus, misericórdia... A senhora tá triste, mãe? eu falava. Não, tou só pedindo a Deus pra ter dó de nós.

Tinha muito medo da morte repentina e, pra se livrar dela, fazia as nove primeiras sextas-feiras, emendadas. De defunto não tinha medo, só de gente viva, conforme dizia. Agora, da perdição eterna tinha horror, pra ela e pros outros.

Quando a Ricardina começou a morrer, no beco atrás da nossa casa, ela me chamou com a voz alterada: vai lá, a Ricardina tá morrendo, coitada, que Deus perdoe ela, corre lá, quem sabe ainda dá tempo de chamar o padre, falava de arranco, querendo chorar, apavorada: que Deus perdoe ela, Deus perdoe ela, ficou falando sem coragem de aluir do lugar.

Mas a Ricardina era de impressionar mesmo, imagina que falou pra mãe, uma vez, que não podia ver nem cueca de homem que ela ficava doida. Foi mais por isso que ela ficou daquele jeito, rezando pra salvação da alma da Ricardina.

Era a mulher mais difícil a mãe. Difícil, assim, de ser agradada. Gostava que eu tirasse só dez e primeiro lugar. Pra essas coisas não poupava, era pasta de primeira, caixa com doze lápis e uniforme mandado plissar. Acho mesmo que meia razão ela teve no caso do relógio, luxo bobo, pra quem só tinha um vestido de sair.

Rodeava a gente estudar e um dia falou abrupto, por causa do esforço de vencer a vergonha: me dá seus lápis de cor. Foi falando e colorindo de laranjado, uma rosa geométrica: cê põe muita força no lápis, se eu tivesse seu tempo, ninguém na escola me passava, inteligência não te falta, o que falta é estudar, por exemplo falar você em vez de cê, é tão mais bonito, é só acostumar. Quando o coração da gente dispara e a gente fala cortado, era desse jeito que tava a voz da mãe.

Achava estudo a coisa mais fina, e inteligente era mesmo, demais até, pensava com a maior rapidez. Gostava de ler de noite, em voz alta, junto com tia Santa, os livros da Pia Biblioteca, e de um não esqueci, pois ela insistia com gosto no título dele, em latim: *Máguina pecatrís.* Falava era antusiasmo e nunca tive coragem de corrigir, porque, toda vez que usava essa palavra, tava muito alegre, feito naquela hora, desenhando, feito no dia de noite, o pai fazendo serão, ela falou: coitado, até essa hora no serviço pesado.

Não estava gostando nem um pouquinho do desenho, mas nem que eu falava. Com tanta satisfação ela passava o lápis, que eu fiquei foi aflita, como sempre que uma coisa boa acontecia.

Bom também era ver ela passando creme Marsílea no rosto e Antisardina nº 3, se sacudindo de rir depois, com a cara toda empolada. Sua mãe é bonita, me falaram na escola. E era mesmo, o olho meio verde.

Tinha um vestido de seda branco e preto e um mantô cinzentado que ela gostava demais.

Dia ruim foi quando o pai entestou de dar um par de sapato pra ela. Foi três vezes na loja e ela botando defeito, achando o modelo jeca, achando a cor regalada, achando aquilo uma desgraça e que o pai tinha era umas bobagens. Foi até ele enfezar e arrebentar com o trem, de tanta raiva e mágoa.

Mas sapato é sapato, pior foi com o crucifixo. O pai, voltando de cumprir promessa em Congonhas do Campo, trouxe de presente pra ela um crucifixo torneadinho, o cordão de pendurar, com bambolim nas pontas, a maior gracinha. Ela desembrulhou e falou assim: bonito, mas eu preferia mais se fosse uma cruz simples, sem enfeite nenhum.

Morreu sem fazer trinta e cinco anos, da morte mais agoniada, encomendando com a maior coragem: a oração dos agonizantes, reza aí pra mim, gente.

Fiquei hipnotizada, olhando a mãe. Já no caixão, tinha a cara severa, de quem sente dor forte, igualzinho no dia em que o João Antônio nasceu. Entrei no quarto querendo festejar e falei sem graça: a cara da senhora parece que tá com raiva, mãe.

O Senhor te abençoe e te guarde,
Volva a ti o Seu Rosto e se compadeça de ti,
O Senhor te dê a paz.

Esta é a bênção de São Francisco, que foi abrandando o rosto dela, descansando, descansando, até como ficou, quase entusiasmado.

Era raiva não. Era marca de dor.

Afresco

Esses alvoroços de doçura.
João Guimarães Rosa

SONHO E LEMBRANÇA – I

Uma bruma de chuva escurecia a manhã, lentíssima em clarear. Uma de nós precisava sair: minha mãe ou eu? Fui eu, com uma sombrinha preta. Desci na porta da rua os dois degraus e abri a sombrinha há muito tempo fechada. Saíram de dentro ciriricas grandes. Eu ia abrindo a sombrinha, abria junto o sol. Uma coisa desatava-se, a semente da claridade. Distinguia no ar, com a luz aumentando, muitas ciriricas, alguém me esperava para a alegria do corpo, tal qual nesta lembrança antiga que eu possuo: sol com chuva, de tarde. No caminho atrás da fábrica vai uma dona gordíssima de cabelo *à-demi*, exibindo sombrinha e ancas. É uma dona feliz, é uma dona engraçada, sem saber. É boa, boa, usa pó-de-arroz e vai me visitar com presentinhos.

É igualzinho sol com chuva casamento de viúva. Na minha lembrança essa dona caminha firme até uma casa e depois não sei mais o que acontece. É retalho de vida, desenho de almanaque, é sonho? O que seja, é do céu que vem. Não pode vir de outro sítio, o que me deixa assim picando de felicidade. É mais poderosa que o tempo a coisa orgasmática. Vige no sonho, em vigília, põe o corpo radioso, mesmo velho. É pré-cristã, não pagã. É assim: Deus é multívoco.

SONHO E LEMBRANÇA – II

Sonho ou visão de febre,
a espaços de tempo os gatos retornam,
descendo a rua, multidão deles, endemoniados.
Minha mãe em fechando a janela contra a chuva
                             [ameaçando cair,
céu pejado.
É angustioso e sem cores.
A outra visão é boa.
À porta do barracão, o rapaz pedala na bicicleta parada.
Todo o conjunto é um impulso.
Eu sou muito pequena, mas sei que se trata de coisas que
                             [ainda não posso ter.
Regozijo-me que haja. Um grande armazém de prazeres
                             [a que chamo bondades.
Tudo é como dizer: os instrumentos se afinam.

UMA VALSA PARA DANÇAR

Américo, eu te amo, Américo. Você tem uma loja de tecidos e uma mulher que você vive querendo não enganar, um filho tão bonitinho, Américo, as mãos macias de medir tecido, de apalpar meu pescoço com intenções de quem vai assassinar. Você é um colosso, Américo, tem tudo pra me agradar. Sua inteligência sem escolas é tão ignorante que eu me arrepio dos seus mundos novos. Dentes afiados, uma saúde enxuta você tem, não vai me pedir um chá. Quando eu te peço um metro de voal, você retruca pra espichar a conversa: leva também um metro de amorim. Você fala amorim, de sabido ou de bobo, Américo? Antigamente, se um homem falasse errado, descartava na hora. Hoje, não. Quero vinho de todos os barris. Você é pai extremoso, exemplar marido caseiro. Tens um livro, não tens? Uma coleção de marcas de cigarro e o retrato de sua mãe. Você fecha a loja aos domingos e feriados, incrível Américo, você não quer ficar rico, como te resistir? Sua mulher me pede açúcar emprestado, eu peço a ela é licença pra ver o álbum de retratos: você segurando seu filho, você pondo comida pra passarinho, brincando com o cachorro. Se você ficar quieto e parar de me espreitar desse modo invisível, eu pinto você, seus olhos bonitos de homem, mais que os de uma mulher, bonitos. Você é meu amor delicado, por você faço doce de leite, corto em pequenos losangos, ponho minha blusa bordada e fico no banco da praça te esperando no seu caminho, quando "cai a tarde tristonha e serena, em macio e suave langor", pra te entregar o coração.

    Você passa e eu digo: boa-tarde, Américo.

ÊXODO

Tinha chovido, mas já tinha enxugado, mas ainda tava um pouco marrom a terra com bastante ciririca e mato verde rebrotando. Um pé de cagaiteira, carregadinho, na estrada, o povo mais moço se aproveitando pra apanhar e chupar, de farra. A gente levou merendas e ofereceu tudo com generosidade no momento do ofertório pra depois ser repartido e comido juntos, idéia muito atilada do padre Tavinho. Só vendo, era passando balaio de pastel, biscoito frito, pão simples com manteiga, garrafa de café e refresco, tudo depositado no altar e oferecido junto com o pão e o vinho, tudo pra demonstrar pro povo, conforme dizia o canto que todo mundo entoava: "Os cristãos tinham tudo em comum, dividiam seus bens com alegria." A gente tava tão entusiasmada, dona Arminda cantava com tanto fervor que errou as palavras e abriu o peito: a quem tem sede reparte o pão... Eu também, tão alegre, que nem achei falta de respeito brincar naquela hora sagrada: a quem tem sede reparte é a água, dona Arminda, ela danou a rir. Ô bondade, o padre igualzinho um pastor, um vaqueiro tocando o gado pro lugar certo, deixando as famílias sentar na grama, escutar o sermão sentados, igualzinho saindo do Egito o povo de Deus em marcha.

Dona Fina caminhava na minha frente com um vestido de pano tão mansinho, de pala marrom, e o resto, um voal com flor parecendo sininho, de três cores, alaranjado, vermelho e azul. Caminhava sem reprimir as ancas, balançando tão devota o que Deus deu que eu até pensei: coisa bonita é o corpo! A idéia beatífica passou no meu sexo sem me perturbar nem um pouquinho: ora, eu pensei, foi Deus quem fez a cabeça e o assento, que bom. Quando eu vi, tinha tirado alto sem nenhuma vergonha, eu que encabulo à toa, tirei entoado e firme o "qual resplende em manhãs purpurinas", todo mundo me acompanhou. Nunca que eu vou esquecer dessa caminhada de encerramento dos roteiros de reflexão. Tenho é medo de o senhor bispo transferir pra outro lugar um padre tão virtuoso e animado conforme é o padre Tavinho e mandar pra nós um desses que não quer nem saber. Zé Demost alvoroçou tanto, que falou uma coisa mais impossível, devido a um erro de interpretação das palavras, na hora das preces comunitárias. Todo mundo pedindo isso e aquilo, ele pediu: Deus onipotente e eterno, rogai por nós. Teve importância não, porque tudo foi pela força da fé, o que vale é o sentimento das pessoas, o pensamento do coração. Já vi coronel do Exército, na revolução, gritar, doido de patriotismo, viva o falecido presidente e todo mundo vivar. Já em vindo embora, um senhor meio velho apontou pra o lado que o sol esconde, falando vigia aquelas nuvens, 'tão que é só ouro.

ALUNO E MESTRE

Expedito, tímido, fala às vezes o que não quer: você tem umas pernas tão bonitas, boas pra gente bater um papo. Ai, que susto, Expedito paradão. Você bem que quer, hein? Te falta é jeito, te falta é, em pequeno, ter tido coragem de desejar não ter mãe. Vão tomar banho comigo, gente? É o que você disse, com modos de quem pede licença pra fechar porta, eh Expedito, com a sala cheia de moças! Se aproveita de você mesmo pra falar o que pensa, ou você não pensa, Expedito, fica só sentindo, inocente e aceso? Parece seminarista, parece regente de meninos cantores, parece um que confundiu a religião com um modo. Se eu bato palmas, você se assusta, você fica corado, você baixa os olhos. Eu deixo você sem fala: te chamo de Dito, bebo o resto do seu café na sua presença, passo os dedos da mão entre os dedos do pé, como se o que eu sentisse fosse coceira só. Você fica atônito, esquece de ir-se embora, me empalha, me deixa sem banho, sem comida, sem ar. Mas eu gosto de proteger o sexo forte. Melhor estará comigo, que sei o que estou fazendo. Eu tenho paciência com você. Eu não te largo, Expedito, até você virar *expert*. Dito?

O SONHO

O sonho encheu a noite, extravasou pro meu dia, encheu minha vida e é dele que vou viver, porque sonho não morre. Vinha de um país estrangeiro com sua veste talar. Branca, tinha um friso dourado. Quando sentou na sala e conversávamos, já era marrom sua túnica. Abraçava-o abraçando o que no mundo era homem, o mais diverso de mim. Me lembro que percebi sua chegada e corri pro espelho. Tanto fiz que recobrei minha cor loura antiga. Passei a ponta do vestido nos dentes, me sentei no barranco só com os pés à mostra e fiquei lá, casual.

Foi um abraço, digo como se deve dizer, pálido — porque humano — esboço do que vai ser o abraço de Deus, quando chegarmos. Ele ria, ria, ria, com sua cara de estátua. Eu falei: que bonita a sua roupa. E você, ele disse, o que tem feito? Minha mãe ficou doida com ele, o que me pôs à vontade pra gostar ainda mais. Fiz café, gastamos duas horas pra tomá-lo. Até que dia você fica?, eu perguntei. Vou em Diamantina, ele disse, mas volto aqui, por alguns dias, não são poucos. Não trouxera a mulher, o que não mudou nada. Olhei sua testa, sua boca, seu nariz incomparável, e pensei: vai morrer de câncer, tanto fuma.

Parece que combinamos encontro. Parece que ele me disse uma palavra fatal. Minha mãe morta voltou e, como antes, cuida da cozinha para mim. Posso de novo pôr minha saia comprida e ir passear na estrada, cheia de paciência.

Diamantina é ali mesmo.
O mundo é ali mesmo.
A vida é num instante.
Espero.
Mesmo que não venha, já chegou.

CRÔNICA LIGEIRA DE BDL

BDL, que significa beira-de-linha, lugar do meu nascimento, era degenerável. Quem aprendesse a andar, atravessava os dormentes dava no botequim. O Lucrécio bebia, o Louro irmão da Fia bebia, o Edgard do Zé Romão bebia, o Edgar Preto, que suicidou horrível no teto baixo da cozinha, bebia, a Nazaré bebia, o Trombada bebia, o Jupira, que pôs placa de *Casa familiar* na casa dele, bebia, a mulher dele bebia, o Bené bebia, a Bernardina bebia, o Zé Moela bebia, a Vaca pedideira de esmola bebia, o Tõezim, que tocava violão com perfeição desde os doze anos, bebia. Até meu pai, uma vez, pra agüentar as realidades do enterro de um moço que veio podre de febre da Bolívia, bebeu. Até eu, que tive gripe asiática e ensinaram que era bom, bebi. Bebiam as locomotivas, de farra com maquinista e foguista. Descarrilavam. Galinhas tontas morriam nos trilhos. Nem parece que nunca estive em Paris, tão cheia é esta minha estória. Em BDL tive raivas tão grandes, que fiz rolar uma pedra. Fui dormir umas vezes tão feliz, que, se soubesse minha força, levitava. Em outras, tanta foi a tristeza que fiz versos. Os padres pelejaram em BDL, eu pelejei. Vi os crepúsculos mais tristes, a poeira mais grossa, a lama mais sem conserto. Mortes e enterros, como se Jesus Cristo não houvesse morrido pra salvação de nós. Vi um milagre, vi o poder da fé abrir a boca de um homem e ele dizer do fundo de sua alma rasgada pelo chicote de Deus: louvado seja o Senhor! Louvado seja o Seu Santo Nome!

Uma parte de BDL é lembrança conservada no álcool. Por que Deus me poupou apodrecível?

De vez em quando os maquinistas usavam de enfeitar suas máquinas com galhadas. Elas vinham feito mulher, eles vinham feito homem, o cotovelo na janelinha.

Por que Deus me poupou? Não virei bêbado, perdoai, virei poeta.

Deus responde é de todos os lados, Castro Alves.

ANTÔNIO

Pega na minha cabeça com suas mãos lindas enormes que eu viro santa. Me olha com seu olhar, um olhar de amor impossível, que eu renuncio às pompas deste mundo. Prometo não perturbar teu inabalável propósito de servir somente ao Senhor, mesmo porque com Deus quem poderá competir? Mas, de uma vez por todas, me deixa saber sem dúvidas: tuas lindas mãos são lindas mãos de homem, capazes das maravilhas que podem as mãos dos homens nas mulheres? A ti não peço esponsal, que outro marido não quero, que outro não há pra me ordenar com sua voz poderosa: faz café. Faz silêncio. Faz amor carnal. Traz meu cilício. Vai passear lá fora enquanto eu rezo. Taumaturgo, fala. Me toca pra eu sossegar, que eu, loba, obedeço, mansa.

FRANCISCO

Que pretíssimos olhos, hein?

Eu não sou Clara, que faz docinhos de coco e manda por portador. Venho eu mesma trazer, conferir em pessoa esta tua magreza alucinante.

Ó Francisco, Francisco, Chico Violinha, gravetinho de homem incendiado.

Faz boneco de neve pra espantar a luxúria?

Faz boneco de mim. Me manda esmolar que eu vou. Me manda subir no Alverne e orar de braço estendido, eu subo, eu oro.

Junto com você, Francisco, o que você quiser.

JOSÉ

Não tens voto nem vintém e ris de um certo modo repetido até hoje menos que poucas vezes. Tocas violão como ninguém toca mal como você, mas fremes. As asas de teu nariz ficam vibrando quando você faz música. Por aí começo quando quero entender minha paixão. As bordas do teu nariz, pulsando como um radar. Teu paletó de veludo cobre teu braço peludo. Me abaixo para pôr no ouvido o teu relógio de pulso, o que bate é teu coração. Me abraça, José, me abraso. Ai, com você me caso.

MISSA CAMPAL

A campainha ordenava ajoelhar, o povo se mexia ajoelhando pra elevação da hóstia, pra elevação dos cheiros que os meios banhos de bacia denunciavam. Pegava no domingo aquele odor de corpos, de murici de vez, de mato ralo amassado em redor do cruzeiro. Migalhas de pão doce oscilavam na boca de Alvina-Boba; pedindo bucha e sabão, as orelhas da Carmozina. O demônio rugia para nós como um leão faminto, mas tinha os esconderijos, uma avemaria cheia de confiança prendia ele na coleira de ferro.

Estão quase todos imóveis os que naquele dia moviam-se em busca da "luz que não fere os olhos". Alvina, Carmozina, meu pai que regia o domingo alteando o braço e a voz, seguro de que seu paletó abotoado escondia a mancha de óleo na camisa. Aquietados na fala, nas mãos, no passo guardado entre terra e terra esperando os sinos da missa definitiva, da universal missa campal que reunirá nós todos, arranchados nas pastagens do céu.

A CAÇADA

> *Poesia, o perfume que exalas é tua justificação.*
> Carlos Drummond de Andrade

Que tanto sentir feliz vem junto quando se pensa em: o Zodíaco. Vêm Peixes, Virgo, Câncer, Escorpião sem maldade. É a poesia, rateira. Piso no rabo dela, ela escapole. Armo de novo a ratoeira e penso em Folhinha de Mariana, calendariozinho de armazém: moça vestida à *cowboy*, com seu lindo sorriso, segurando a rédea do alazão, cagadinho de mosquito.

Pé ante pé me achego, é preciso um subagir de gato pra pegar a ladrona.

Na Folhinha de Mariana ela sentou praça, também pudera: 365 nomes de santos, mais fases da lua, previsões do tempo, que ela adora, e os preceitos quaresmais com uma palavra ímpar: colação. Eu, às vezes, fico duas horas de relógio sem fazer nada, ou então desmancho e torno a fazer um barracão, num dia. Tudo truque, disfarce pra pegar ela distraída. O signo de Virgo tem uma ânfora grega, ânfora grega, ânfora grega? Podem ir passear. Eu fico aqui com a ânfora grega. Qualquer negócio eu faço pra conseguir o laço certo. Fiz de fita de pano, ela disse com sua vozinha: quero fita de prata. Fiz de prata, ela disse: quero fita de ouro. Fiz de ouro, ela nem liga. Ela é homem andrógino? Ela é de Deus. Ela parece vida de santo, sem riqueza, sem pompa, sem os brilhos, mas dura, parecendo meio louca, tão serena. Sabe onde a vi outro dia? Num monte de cisco. Como a conheço bem, não fiz nada. Só busquei mais lixo e pus por cima, com cuidado: uma lata, cascas, papéis, tripa de galinha e penas. Ela ficou lá refestelada, tomando sol. Virava de bruços, de costas, eu, de cá, apreciando. Comi um cacho de bananas, um bule de café, de litro, enquanto aproveitava, bem pertinho. Quando cansei, pus fogo no monturo e fui pro meu quarto, me refazer. Pois ela pousou na janela e ficou me olhando, quase boa: uma cinzazinha à-toa, pozinho de carvão que o vento trouxe.

Ela é dura, Carlos, ela não morre.

SUMÁRIO

SOLTE OS CACHORROS   5

SEM ENFEITE NENHUM   87
O Senhor é meu pastor   89
Sem enfeite nenhum   95

AFRESCO   99
Sonho e lembrança – I   101
Sonho e lembrança – II   103
Uma valsa para dançar   105
Êxodo   107
Aluno e mestre   109
O sonho   111
Crônica ligeira de BDL   113
Antônio   115
Francisco   117
José   119
Missa campal   121
A caçada   123

OBRAS DA AUTORA

POESIA

Bagagem, 1976
O coração disparado, 1978
Terra de Santa Cruz, 1981
O pelicano, 1987
A faca no peito, 1988
Poesia reunida, 1991
Oráculos de maio, 1999

PROSA

Solte os cachorros, 1979
Cacos para um vitral, 1980
Os componentes da banda, 1984
O homem da mão seca, 1994
Manuscritos de Felipa, 1999
Prosa reunida, 1999
Filandras, 2001
Quero minha mãe, 2005
Quando eu era pequena, 2006 (infantil)

ANTOLOGIAS

Mulheres & mulheres, 1978
Palavra de mulher, 1979
Contos mineiros, 1984
Antologia da poesia brasileira, 1994. Publicado pela Embaixada do Brasil em Pequim.

TRADUÇÕES

The Alphabet in the Park. Seleção de poemas com tradução de Ellen Watson. Publicado por Wesleyan University Press.

Bagaje. Tradução de José Francisco Navarro. Publicado pela Universidad Iberoamericana no México.

The Headlong Heart. Tradução de Ellen Watson. Publicado por Livingston University Press.

Poesie. Antologia em italiano, precedida de estudo do tradutor Goffredo Feretto. Publicada pela Fratelli Frilli Editori, Gênova.